いちばんすきな花

シナリオブック　完全版

〈下〉

脚本　生方美久

扶桑社

Contents

6

春木家・リビング（夜）

ゆくえ、床にフローリングワイパーをかけている。
夜々、ダイニングテーブルを布巾で拭いている。
紅葉、ソファにコロコロをかけている。
椿、キッチンで洗い物を終える。
使ったキッチンペーパーをゴミ箱に捨てようとして何かに気付く。

椿「え……？」
ゴミ箱を抱えて、ゆくえ、夜々、紅葉に、
椿「ゴミ袋の袋、ゴミ袋にしたの誰？」
三人、一度で理解できず、手を止めて、
三人「？」
椿「ゴミ袋の袋、ゴミ袋にしたの誰？」
夜々、椿の持っているゴミ箱を見ると、【家庭用ごみ袋30Ｌ】と書かれたゴミ袋のパッケージ袋がゴミ箱にセットされている。明らかに小さくサイズが合ってない。
夜々「（ゴミ箱を覗き見て）あ、ゴミ袋の袋」
紅葉「ゴミ袋の袋はゴミ袋にならないんですか？」
椿「ゴミ袋の袋はゴミだよ、潔く捨てて」
夜々「え、じゃあ、ゴミの中にゴミ袋を入れて売られてるってことですか？」
紅葉「逆転してる。なんの哲学？」
ゆくえ、話に交ざらずフローリングワイパーをかけながら三人からじわじわ離れていく。
ゆくえ「……」
椿「いんだけどさ。ゴミ袋の袋をゴミ袋にしたっていいんだけどさ。これはもう、悪意でしょ。サイズ感が悪意でしょ」

紅葉「ゆくえちゃん悪意でやったの？」
　　ゆくえ、つい反応して、
ゆくえ「善意です！」
椿「はい。犯人ゆくえさんですね」
ゆくえ「あーーーーーーー……違います！」
椿「無理だよ、誤魔化せないよ、認めて」
ゆくえ「（開き直って）だって袋じゃないですか！　袋の袋としてのアイデンティティを認めてください！」
椿「開き直らないで！」
紅葉「本物のゴミ袋もうなかったの？　なかったなら、ほら、最後の一枚使った人が買わなかったせいじゃや。春木家のルール」
ゆくえ「ううん。本物のゴミ袋の、最後の一枚は、いつものとこにある」
　　夜々、キッチンの棚を確認して、
夜々「ありますね。袋に入ってない裸の本物のゴミ袋、あります」
椿「じゃあ尚更悪意じゃないですか。普通に本物のゴミ袋使ってください」
ゆくえ「ゴミ袋の袋も袋だし……それに、最後の一枚使ったら新しい本物のゴミ袋買わなきゃじゃないですか」
椿「（少し考えて）……え、そういうこと？」
ゆくえ「はい」
夜々「最後の一枚使ったら、新しいゴミ袋買わなきゃいけないから？」
ゆくえ「はい」
紅葉「最後の一枚を残して、ゴミ袋の袋をゴミ袋に？」
ゆくえ「はい」
椿「……悪意ですね」
夜々「悪意です」
紅葉「悪意だ」

夜々と紅葉、掃除に戻る。

ゆくえ「善意ですよ！　正義です！　ビニールは環境によろしくないから！　無駄なく使おうと思って！」

椿「ゆくえさん、新しい本物のゴミ袋買っといてくださいね」

ゆくえ「なんで……」

椿「偽物のゴミ袋、本物のゴミ袋に捨ててください」

ゆくえ「偽物扱いかわいそう……私にとってはゴミじゃないもん……」

椿「ルール守れない人は出入りさせません」

ゆくえ「（開き直って）私来ないと席いっこ空いちゃいますよ？」

椿「いいですよ。空けたままにします。なんなら他に誰か呼びます」

ゆくえ「うわっひどい……（夜々と紅葉に）聞いた⁉　ひどくない？　どんな権限があってそんなこと、」

椿「家主です（と即答）」

わいわい言い合ってるゆくえと椿を横目に、

夜々・紅葉「……」

目が合って、思っていることが同じだとわかる。

×　×　×

ゆくえと夜々、帰る支度をして、

ゆくえ「（素直に）次のときゴミ袋買ってきまーす」

椿「お願いしまーす」

夜々「おやすみなさい」

椿「おやすみなさい」

ゆくえ「おじゃましましたー」

椿「またおいでー」

夜々「（小さく会釈）……」

　二人、リビングを出て行く。

　椿、一人になりソファに腰掛ける。

椿「……静かぁ……」

　スマホに着信。ビクッとしつつ、電話に出る。

椿「はい。お世話になりましたー。あーはい、そうなんです。結局そのまま一人で住んでます……え？」

　紅葉、シャワーを終えてリビングに入る。

　椿、思わず紅葉のことをじっと見る。

　紅葉、目が合って「ん？」と。

　椿、「ううん」と首を横に振って、

椿「（電話口に）ちょっと考えさせてください。はい、すみません。失礼します」

　と、電話を切る。

紅葉「なんですか？」

椿「ん、なんでもない」

紅葉「なんでもない電話ってあります？」

紅葉「（納得して）たしかに」

　椿、何と聞こうか考えて、

椿「……紅葉くん」**紅葉**「椿さん」

　と、二人の声が重なって、

紅葉「すみません、何ですか？」

椿「あ、先どうぞ」

紅葉「今日、泊まってもいいですか？」

椿「うん、もちろん」

紅葉「（小声で嬉しそうに）やったー」

椿「……」

紅葉「あ、なんですか？」

椿「ん？（適当に）あー……アイスあるよ。冷凍庫」

紅葉「いただきまーす」

　　と、冷凍庫からアイスを出す。
　　椿、何か言いたげに紅葉を見て、
椿「……」
　　紅葉、冷凍庫からアイスを二つ出して、
紅葉「はい」
　　と、一つを椿に手渡す。
椿「ありがと」

○タイトル

学習塾『おのでら塾』・教室（日替わり）

　　平日の昼過ぎ。
　　まだ誰もいない教室に入る制服姿の希子。
　　いつもの席に座って勉強道具を出す。
　　ゆくえ、教室にやってきて、
ゆくえ「いらっしゃい」
希子「うん」
ゆくえ「制服かわいいね。お出かけ？」
希子「今日は行ってみた日」
ゆくえ「へぇ」
希子「今日も入んないでやめた」
ゆくえ「ふぅん」
希子「保健室だけ寄ってきた」
ゆくえ「そう。給食食べた？」
希子「食べた」
ゆくえ「じゃあ大丈夫だ。頭働く。いっぱい解ける」
　　と、数学の問題プリントを希子に差し出す。
　　希子、プリントに視線を落としたまま、
希子「……最近、給食持ってきてくれる。保健室いるとき、いつも」
ゆくえ「（考えて）……穂積くん？」
希子「日直の仕事なんだけどね。私のご飯」

ゆくえ「ふぅん。穂積くん、毎日日直なんじゃない？」
希子「毎日日直なのか」
ゆくえ「そうだよ」
希子「そっか」

春木家・リビング（夜）

ゆくえと夜々と紅葉、観ていたドラマが終わる。
ゆくえ、テレビを消して、

ゆくえ「（感動していて）なるほどね……」
夜々「（感動していて）そうきたか……」
紅葉「（冷めていて）いやこの展開しかないでしょ」
ゆくえ「紅葉にはわかんないか……」
紅葉「ほとんどコレでしょ。一回くっついて別れて」
夜々「紅葉くんにはまだ早いか……」
と、感想を言い合っている。
椿、ダイニングテーブルに一人。パソコンで一人暮らし向けの物件情報を見ている。
楽しそうな三人を見て、パソコンを閉じ、
椿「（芝居がかって）なんかー、あれだね。飽きるね！」
紅葉「何がですか？」
椿「この家」
ゆくえ「飽きないです。楽しいです」
夜々「相変わらずの居心地の良さです」
椿「そうかなぁ。僕は、飽きてきたなぁ」
紅葉「散歩でも行きます？　付き合いますよ」
椿「んー、そういうことじゃなくて……あっ、今度4人でさ、バーベキューとかしたいね！」
夜々「あ、ベランダで？」

椿「（小声で）いや……」
ゆくえ「楽しそう！」
紅葉「次集まるときしよ」
夜々「しよ～」
椿「……キャンプ！　キャンプ行きません？」
紅葉「寝袋で寝るのっていくつになってもワクワクしますよねー」
椿「ね！」
ゆくえ「室内でキャンプいいなぁ。虫いないし」
夜々「虫嫌い。室内大好き」
紅葉「うん、室内で十分だよね。わかる」
椿「……」
紅葉「あ、UNOしよ。この前、夜々ちゃんいなかったから」
夜々「したい！　リベンジUNOしたい！」
ゆくえ「しよ～」
浮かない顔の椿。
椿を気にせずしゃべり続ける三人。
紅葉「その後、大富豪やろ」
夜々「大貧民のことですか？」
ゆくえ「え、そっちで呼ぶの？　金運薄れそう」
夜々「大富豪って呼ぶほうがなんか感じ悪いー」
椿「（投げやりになって）じゃあ、ゲームセンター！　そんなにゲームしたいなら、ね！　ゲームセンター行きません!?」
三人「（椿を見て）……」
椿「……え？」

ゲームセンター・店内（夜）

ゆくえと紅葉、椿と夜々のペアでエアホッケーをしている4人。
点を入れてハイタッチして喜ぶゆくえと紅葉。
椿、一人だけ異様に疲れ切っている。

夜々「(笑って)ねぇ、椿さん弱い〜ペア換えましょ〜」
ゆくえ「じゃあ交換しよ」
　と、ゆくえと夜々が場所を代わる。
椿「みんな絶対、ゲームセンターとか嫌いだと思ったんだけど……」
　ゲームを再開しながらしゃべる4人。
紅葉「大人数で行くゲームセンターは嫌いです。割り勘でメダル買うのに一回もゲームせずに帰ることばっかりでした」
夜々「男にUFOキャッチャーの腕前見せつけられるゲームセンターは嫌いです。別に欲しくないもの欲しがらなきゃいけないの、だるい」
ゆくえ「プリクラ撮ったあと虚無の気持ちになるから、ゲームセンター、嫌いです。仲良しの証明写真、つらい」
椿「なるほど……」

紅葉「ゲームセンターのゲームの中で、これ、一番4人向きだよね」
夜々「これ、4人が一番楽しいやつです!」
ゆくえ「また4人でこれやりに来よー」
椿「エアホッケーね」
　椿、点を入れることができて、
椿「……あ」
ゆくえ「わ! すごいすごい!」
　椿とゆくえ、ハイタッチして喜ぶ。
夜々「……がんばろー」
紅葉「……がんばろー」
　夜々と紅葉、グータッチする。

バス車内(夜)

　帰りのバス、走行中の車内。
　最後部の座席に、ゆくえ、夜々、椿、紅葉の順で並んで座っている。

夜々と紅葉、椿の両側から肩にもたれて寝ている。

椿「（小声で）ゆくえさん、見て」

ゆくえ「（椿を見て）……うわ、モテモテだ。いいな」

椿「（小声で）人生ピークかもしれません」

ゆくえ「（夜々に小声で）夜々ちゃーん、ゆくえさんの肩空いてますよー。空いてまーす」

ぐっすり眠っている夜々と紅葉。

椿、クスクス笑う。

ゆくえ「お家、なにかあるんですか？」

椿「え？」

ゆくえ「外に連れ出したいみたいだったから」

椿、「バレてたか」と思いつつ、

椿「いや……たまにはって思っただけです」

ゆくえ「ならいいんですけど」

椿「別に、4人で集まるの、うちじゃなくたっていいし」

ゆくえ「そうですねー」

椿「うん」

ゆくえ「でもやっぱあの家が一番落ち着きますよねー」

椿「……」

ゆくえ「あ、すみません、今も当たり前に椿さんちに帰る感じに……帰るっていうか、戻るっていうか……」

椿「（頷いて）帰りましょー」

ゆくえ、夜々の肩にもたれる。

椿「着いたら起こしますねー」

ゆくえ「お願いしまーす」

椿「あとゴミ袋買ってきてくださいねー」

ゆくえ「あ、忘れてた……」

アパレルショップ・店内（日替わり）

ゆくえと夜々、二人で服を見ている。
それぞれ気になる物を手にしては自分や相手にあてがいながらしゃべる。

ゆくえ「かわいい」

と、紫系の服を夜々に当てる。

夜々「小学生のとき、むらさきちゃんっていう憧れの女の子がいて」
ゆくえ「紫ちゃん？」
夜々「村山咲ちゃん」
ゆくえ「あ、あだ名ね」
夜々「同じクラスにもう一人サキちゃんがいたから」
ゆくえ「どんな子？　夜々ちゃんが憧れる子って全然想像つかないけど」
夜々「いつも一人でいて、でも別に、浮いてるとか、いじめられてるとかじゃなくて」
ゆくえ「（え？　と思いつつ）ほぉ……」
夜々「だけど、常にずっと一人ってわけでもなくて。時々休み時間に男の子たちがやってるドッジボールに交ざってたり。勉強も運動もできるけど、変に目立つわけでもないし、偉そうにもしない。特別な感じがあるのに、誰も特別扱いしてない。そういう子でした」
ゆくえ「へぇ、素敵だね」
夜々「はい。で、その子が最近、結婚したらしくて」
ゆくえ「あらーおめでとう」
夜々「その結婚相手が、私の初恋の男の子で」
ゆくえ「（反応に迷って）おー……なるほど」
夜々「（微笑んで）嬉しかったです」
ゆくえ「……」
夜々「好きだった人と、好きだった人が、今、好き同士っていう。嫉妬でも負け惜しみでもなく、ほんとに嬉しかったんですよ」
ゆくえ「好きだった人なんてね、幸せに越したことないからね」
夜々「なんぼあってもいいですからねー。好きだった人の幸せなんてね」
ゆくえ「好きだった人はねー」
夜々「……好きな人は、自分と幸せになってほしいです」
ゆくえ「そのくらいのエゴ許されるよ。んー、こっちかこっちだなー。どっちが好き？」
と、二つの服を交互に夜々にあてがう。
夜々、真剣に服を見て、
夜々「……どっちが好きですかね？」
ゆくえ「むらさきちゃん？」
夜々「じゃなくて」
ゆくえ「（椿だと理解して）あぁ」
夜々「はい」
ゆくえ「夜々ちゃんが好きだと思う服を、着てほしいって思う人だよねー」
夜々「そうなんですよねー。そうなんだよなー」
顔を見合わせて笑う二人。

コンビニ・店内（夜）

バイト中の紅葉、レジ打ちをしている。

近くにいた松井、紅葉を小突いて、
松井「……佐藤さん」

紅葉「ん？」

松井「なんか、授業参観みたいな人います……」

と、「あっち」と店の奥に目をやる。

紅葉、松井が示す方を見ると、スーツ姿の椿が商品を見ずにこちらを向いて立っている。

紅葉「……え」

椿、紅葉と目が合い、腰のあたりで小さ

く手を振る。

紅葉、とりあえず手を振り返す。

ファミレス・店内（夜）

テーブル席に向かい合って座る椿と紅葉。

二人、メニューを眺めながら、

紅葉「バイトの大学生に授業参観みたいな人って言われてましたよ」

椿「声かけるタイミングわかんなくて。うろうろしてたら怪しいかなって」

紅葉「コンビニで直立不動のほうが怪しいです」

椿「（笑って）あ、好きなもの好きなだけ頼んでね」

紅葉「なんか外食、新鮮。いつも椿さんちだし」

椿「いつもうちだとさ、帰り、アパート遠回りになるし。大変かなって」

紅葉「それは全然。行きたくて行ってるし」

椿「……アパート出る予定、あったりする？」

紅葉「いや、引っ越すのも金かかるし」

椿「うん、だよね。だよねー、引っ越さないよねー」

紅葉、何か察して顔を上げ、

紅葉「……ん？　え、間違ってたらすみません」

椿「間違ってもいいよ。なに？」

紅葉「住んでもいいよってことですか？」

椿「……なんかそういう、可能性？　紅葉くんとしてはあるのかなーって」

紅葉「（嬉しそうに）えっじゃあ、今度歯ブラシ置いてってもいいですか？」

椿「全然いいけど」

紅葉「（やっぱり嬉しそう）持っていきます」

椿、「住みたいんだなぁ……」と感じる。

椿「決まった？」

紅葉、メニューを指さしながら、

紅葉「これと、これが食べたくて」
椿「うん」
紅葉「どっちも頼んで、シェアしませんか」
椿「いいね、女子会っぽいね」
　紅葉、呼び鈴を鳴らして、
紅葉「ゆくえちゃんと夜々ちゃんが聞いたら」
椿「女子をわかったふうに言うなって」
紅葉「絶対言う。怒る。で、話どんどん派生して」
椿「いつの間にか昨日のドラマの話になってて」
紅葉「女子だなぁ」
椿「あ、それも絶対怒られる」
　二人、笑う。

ゆくえのアパート・中（夜）

　ゆくえ、夜々を連れて帰宅。
ゆくえ「ただいまー」
夜々「おじゃましまーす」
　このみ、バタバタと玄関に駆けてきて、
このみ「はい」
　と、夜々に新品の紫色のパジャマを手渡す。
夜々「え？」
このみ「買った。あげる」
夜々「ありがと……（広げて見て）かわいい」
このみ「おそろ。いろち」
　と、このみとゆくえの分の色違いのパジャマを見せる。
夜々「（笑って）かわいー」
　×　　×　　×
　ゆくえ、夜々、このみ、それぞれパジャマを着てローテーブルを囲む。
　三種類のケーキを三人で自由にシェアして食べている。

　夜々、テーブルの脇に置かれたゴミ袋に気付く。
　中にはお菓子の包み紙やティッシュなどの小さな可燃ごみ。その袋の表面に【家庭用ゴミ袋45L】と書かれていて。

夜々「(ほんとに使ってんだ……)」
このみ「じゃあ紅葉くんにもよく会うの?」
夜々「あ、うん。その4人で」
ゆくえ「もう何年も会ってないよね?」
このみ「うん。逆に会いたい。今度連れてきて」
ゆくえ「嫌がって来ないでしょー」
夜々「(ゆくえをチラッと見て)……」
このみ「だよね、力ずくで引きずり込も」
ゆくえ「そこまでしなくても」
夜々「……ゆくえさんって、鈍感って言われます?」
ゆくえ「鈍感?」

　夜々、慎重に言葉を選びながら、

夜々「人から向けられた好意に、あんまこう、気付かないタイプっていうか……モテてる自覚というか……」
ゆくえ「紅葉のこと?」
夜々「(驚いて)……はい」
ゆくえ「気付いてるよ」
このみ「あーやっぱお姉ちゃんのこと好きなんだー」
夜々「え、わかってたんですね……ちょっと意外。泳がすんですね」
ゆくえ「(笑って)人聞き悪い言い方」
夜々「すみません……」
ゆくえ「向こうがそういう気じゃないから」
夜々「いや、そういう気があるってことですよ」
ゆくえ「違う違う。告白とか、そういうの。付き合いたいとか、そういうのじゃないみたいだから」

夜々「……」

ゆくえ「今のままでいようとしてる人をさ、わざわざ突き放すのも、思わせぶりなことするのも、どっちも意味ないでしょ」

夜々「まぁ……はい……」

このみ「思わせぶりって誰の得にもならないからねー。ぶるなら、ほんとに想ってないとさー」

ゆくえ「そうそう。不倫と一緒。最終的に誰も幸せにしない」

夜々「……」

このみ「紅葉くん賢いよ。好きを押し付けないのは賢い。行き場がないなら持ってるしかないもん」

このみ、ゴミ袋に使ったティッシュを投げ捨てて、

このみ「それかゴミ箱にポイするか」

夜々「……」

夜々、何も言えなくなってしまい、

ゆくえ、夜々が黙り込んでいるのに気付き、

ゆくえ「あ、夜々ちゃんは別に、紅葉に合わせることないからね。好きな人に対する、方向性？」

夜々「……あぁ、はい……」

このみ「夜々ちゃんの好きな人、どんな人？」

ゆくえ「(夜々に) どんな人？」

夜々「……実家がお花屋さんなんだけどね」

このみ「うん」

夜々「一番好きな花はないんだって。いっこ決めちゃうと、他のに申し訳ないって」

このみ「(クスッと笑って) かわいいね」

ゆくえ「(クスクス笑って) かわいい人だよねー」

夜々、照れくさくなり、またケーキを食べる。

フラワーショップはるき・店内（日替わり）

椿、店の奥で楓に指示されながら仕事を手伝っている。

椿「楓が一人暮らししてたときのあれって、1K？」
楓「ワンルームだね」
椿「ワンルームかぁ、案外十分かもなぁ……」
楓「引っ越すの？　無駄に広いもんねー。売るなら早い方がいんだろうし」
椿「んー、まだ決めてはなくて……いろいろと考慮することが、あって」
楓「考慮って？」
椿「誰の気持ちを優先するかっていう。優先順位の問題」
楓「（小さく溜め息）俺、5歳くらいから気付いてたんだけどさ」
椿「なに」
楓「兄ちゃんさぁ、その優先順位に、自分の気持ち入れ忘れてんだよ。ちゃんとエントリーして」
椿「（否定できず）……5歳でそれ気付いたんだ」
楓「うん」
椿「36で言われて気付いたよ……」
楓「純恋さんのこともそうでしょ。少しは自分のエゴ出した方が上手くいくこともあるんだって」
椿「（たしかに）……」
楓「純恋さん、ちゃんと幸せになってほしいなぁ」
椿「それは……俺が一番思ってるよ……」
楓「偉いよ。過去の人の幸せ願えるの、偉い偉い。これあげる」

と、廃棄のバケツから花を拾って渡す

椿「またすぐ枯れるやつ……」

春木家・リビング

椿、楓にもらった花を花瓶に生け、ダイニングテーブルの中央に置く。
玄関のチャイムが鳴る。

同・玄関

椿、玄関の扉を開ける。

椿「はーい」
営業中の赤田がスーツ姿で立っていて、
赤田「(営業スマイルで) こんにちはー。今ちょっとだけお時間よろしいでしょうか?」
椿「はい」
赤田「生命保険、入られてますか?」
椿「あー、保険は大丈夫です。すみません」
と、申し訳なさそうに扉を閉めようとすると、
赤田「えっ!?」
椿「(つられて驚き) えっ」
赤田「入られてないですか?」
椿「……入られてないです」
赤田「(心配そうに) そうですかぁ……この時代にぃ……保険に入られてない……」
椿「(心配になって) ……まずいですかね?」
と、扉をまた開ける。
赤田、家の外観を見て、
赤田「ご家族、ご心配だと思いますよ。お子さんは? おいくつですか?」
椿「……独身です。やっぱ大丈夫です」
と、扉を閉めようとすると、
赤田「えっ!?」
椿「(つられて) えっ」
赤田「独身の方、探してましたぁ……限定のプラン、あります」
椿「……やっぱ入られたほうがいいですかね?」

　と、扉をまた開ける。

赤田「ちょっと、お時間よろしいですか？」

椿「どうぞ」

　と、招き入れる。

赤田「おじゃまします」

椿「どうぞどうぞ」

公園

　紅葉、ブランコに座り、タブレットで絵を描いている。

　夜々、公園に入り紅葉の元へ。

　紅葉、夜々に気付いて顔を上げる。

夜々「（ふざけて）シンジ！」

紅葉「（笑って）紅葉」

　と、立ち上がり、二人並んで公園を出て行く。

夜々「（ふざけ続けて）ユウジ？」

紅葉「（笑って）紅葉」

通り

　春木家へ向かう夜々と紅葉。

紅葉「どうしたの？　直で行ったほうが近いでしょ」

夜々「お話がありまして」

紅葉「ＬＩＮＥでいいのに」

夜々「ちょっとね、反応を見たかったから」

紅葉「なにそれ」

夜々「いつ告白するんですか？」

紅葉「告白？」

夜々「告白」

紅葉「しないけど」

　と、表情変わらず、動じない。

夜々「……なんで？」

紅葉「なんで？」

夜々「ん？」

紅葉「好きだと、好きだって言わなきゃいけないの？」

夜々「そうじゃないけど……」

紅葉「向こうの気持ちわかってるし。なのにわざわざ言うのって、こっちのエゴじゃん。迷惑だよ」

夜々「迷惑ってことは……」

紅葉「二人にはなれないし。だったら、４人のままがいいから」

夜々「……」

紅葉「（夜々を見る）……」

夜々「（視線を感じて）……ん？」

紅葉「夜々ちゃんは別に、いいよ」

夜々「いいって？」

紅葉「俺に合わせてくれなくていいから。椿さん」

夜々「（小さく溜め息）……二人、やっぱ合いますよ」

紅葉「どの二人？」

夜々「わかんないならいいです」

春木家・リビング

ダイニングテーブルのいつもの椅子に椿。
その向かいの椅子（ゆくえの定位置）に赤田。
テーブルに大量の資料が並べられていて、椿、資料を凝視して、

赤田「以上です。いかがでしょうか？」

椿「（わかってない顔で）……わっかりましたぁ」

赤田「はい。わかんないですよね。気になることあれば、お電話でもご相談受け付けてますので」

椿「ありがとうございます。よろしくお願いします」

と、深く頭を下げる。

玄関のチャイムの音。

椿「(時計を見て) あ、こんな時間……」

赤田「すみません、じゃあこれで」

椿「ありがとうございました」

と、二人とも立ち上がる。

玄関の方から、扉が開く音がして、

ゆくえの声「入りますよー」

椿「(玄関に向かって) はーい」

赤田「(笑って) あれ、彼女さんですかー?」

椿「(笑って) いえいえ」

ゆくえ、リビングに入りながら、

ゆくえ「ゴミ袋とパン屋さんのパン買ってきました一」

赤田、資料を仕舞う手が止まって、

赤田「(ゆくえを見て) ……え」

ゆくえ「(赤田を見て) ……え」

椿「え、パン屋さんのパンいいですねー、ありがとうございますー」

と、ゆくえからパン屋の袋を受け取る。

ゆくえ「(赤田に) ……なんでいんの?」

椿「(袋の中を見ながら) まだここに住んでるんで」

赤田「(ゆくえに) ……潮こそ。なにしてんの?」

椿、二人が話していると理解して、

椿「……え?」

ゆくえ「私は別に、普通に遊び来ただけだし……」

赤田はなに? なんで?」

椿「ん?」

赤田「仕事だよ、営業。いつものだよ」

椿「ん?」

ゆくえ「そう…… (椿に) 営業されました? 終わりました?」

椿「え、あ、はい」

ゆくえ「(赤田に) お仕事お疲れ様です。玄関あちらです」

と、リビングの扉を開けて玄関を示す。
赤田、その場を動かず、

赤田「……え、なに？　彼氏？」
ゆくえ「は？」
赤田「この人。付き合ってんの？」
ゆくえ「違うよ。普通に友達だよ」
赤田「だって……ここ、この人んちだよ？」
ゆくえ「知ってるよ。だから遊びに来たって言ってんじゃん。なに？」
赤田「（椿を見る）……」
椿「（視線を感じて）……はい？」
赤田「……遊びに連れ込んだんですか？」
ゆくえ「まじでなに言ってんの？」
赤田「今さっき聞いたし。この人、彼女に婚約破棄されてこのでかい家に一人暮らしだって……寂しさ紛らわすのに潮のこと利用しないでもらえます？」
椿「いやぁ……」

ゆくえ、イライラしてきて、

ゆくえ「だからなに言ってんの⁉　なんで椿さんもそういうのベラベラしゃべっちゃうかなぁ！」
椿「初対面だから話しやすくて……（赤田に）え、ゆくえさんの……？」
赤田「うーわ、ゆくえさんて。下の名前で呼ばせて」
ゆくえ「呼ばせてんじゃないし。この人が勝手に呼んでるだけだし」
椿「（小声で）え、ごめんなさい……」
赤田「それを受け入れてるわけだ」
ゆくえ「下の名前で呼んでたら恋愛関係なんですか？　は？　世の中浮気だらけすぎませんか？」
赤田「（小声で）めんどくさ……」
ゆくえ「いやいやそっちが……てかそこ私の席だ

から」

と、赤田が座っていた様子のゆくえの定位置を指さす。

赤田「席とかないだろ。この人んちなんだから」

ゆくえ「この人んちだけど、そこ私の席なの」

赤田「ほーら、なんか、家族ぶって。嫁ぶっちゃって！　ゴミ袋とか買って来ちゃって！」

ゆくえ「は？　ぶってないし……嫁ぶってなんかないし！　ゴミ袋買いたくて買って来たんじゃないし！」

と、赤田を叩こうとする。

椿「ぶっちゃダメ。ぶたないで。人んちで暴力やめて」

と、ゆくえを止める。

ゆくえ「(赤田を睨む)……」

赤田「(少し怖気づいて)……」

ゆくえ、冷静になって、

ゆくえ「お似合いだね。お似合いだよ、彼女と。彼女っていうかもう嫁か。お似合い」

赤田「なにが……」

ゆくえ「自分には女の友達いるのに……(言い直して)いたのに。他人のそういうのは認めらんないんだ。男女が二人でいたら恋愛だって決めつけるんだ」

赤田「……そうじゃなくて。心配しただけだろ」

ゆくえ「(舌打ち)」

椿「(小声で)わ、舌打ち……」

ゆくえ「赤田夫人もそうなんでしょうね。こたくんのことが心配で、私と引き離したんでしょうね。信用ないですね。こたくんも、私も」

赤田「(否定できず)……」

ゆくえ「いらないし心配とか。もう他に友達いるし、元友達からの心配はいりません！」

赤田、キッチンにある4色のマグカップ

が目に入って、冷静になり、

赤田「……そっか。ごめん。わかった……ごめんごめん。そうだわ。普通に考えて、別に、うん、何怒ってんだろ。ごめんごめん」

と、残りの資料を鞄に仕舞う。

ゆくえ「……」

ゆくえ、「どうぞ」とリビングの扉を開ける。

リビングを出て行く赤田。

それに続く椿とゆくえ。

赤田、玄関で靴を履くと、心した様子で、

赤田「（椿に）あの、一つだけいいですか？」

椿「はい……」

ゆくえ「余計なこと言わないでよ」

赤田「（椿に）潮の恋愛遍歴、全部知ってますけど、」

ゆくえ「おい」

赤田「（椿に）春木さん、全っっ然、潮のタイプじゃないですよ！」

ゆくえ「余計なこと言うな」

椿「（複雑）……」

赤田「おじゃましました」

赤田、家を出て行く。

玄関にはゆくえと椿の二人。変に気まずい。

椿「……」

ゆくえ「なんかごめんなさい……ごめんなさいっていうか……」

椿「（しみじみと）タイプじゃないって言われるのも、タイプじゃない人に、タイプじゃないって言われるのも、ショックなんですね……」

と、リビングへ戻る。

ゆくえ、後を追いつつ、

ゆくえ「（複雑）……おぉ」

椿「（ハッとして）あっ、ごめんなさい」
ゆくえ「ほんとですね……結構ショックです……」
椿「……ごめんなさい……ごめんなさいっていうか……ごめんなさい……」

希子が通う中学校・保健室

希子、保健室で勉強している。
朔也、一人分の給食を持って入室。黙って希子の前に給食を置き、保健室を出て行く。
希子「（小声で）……いただきます……」
と、給食を食べ始める。
朔也、もう一人分の給食を持って再びやって来る。
希子、食べる手を止めて、
希子「（驚いて）……え」
朔也、希子の向かいの席に座って、
朔也「（小声で）いただきます……」
と、給食を食べ始めようとする。
希子「いただくな」
朔也「……なんで？」
希子「なんで？」
朔也「なにが？」
希子、どう言おうか悩んで、
希子「……そこまでしなくていいよ」
朔也「……」
希子「みんなになんか言われるよ。されるよ」
朔也「もう言われてる。いただきます」
と、給食を食べ始める。
希子「（恐る恐る）……なに言われたの」
朔也「付き合ってんの？　とか。好きなんだろ、とか」
希子「（溜め息）……しょうもな」

と、再び給食を食べる。

朔也「ちゃんと言っといたから」

希子「うん」

朔也「タイプじゃないって」

希子「(は?)」

と、朔也の顔を見る。

気にせず給食を食べ続ける朔也。

希子「(なんかショック)……」

春木家・リビング

夜々と紅葉、ダイニングテーブルの定位置に座り、ゆくえが持ってきたパンを物色している。

椿、キッチンでコーヒーを入れながらさっきの状況を説明する。

椿「なんか、なんかすごい……修羅場? そう、修羅場みたいになって」

夜々「えっ修羅場? 三角関係バチバチ?」

紅葉「なにそれ。え、なにそれ。詳しく」

椿「僕とゆくえさんの元トモが一緒にいて」

夜々「元トモ?」

紅葉「あ、結婚した男友達」

椿「そう。そこにゆくえさんがやってきて、元トモさんが僕とゆくえさんの関係を勘違いし、いやいやそういうのじゃないですー、友達ですーってなって。下の名前がー、席がー、ゴミ袋がーって、なって……」

紅葉「なに言ってんの?」

夜々「勘違いからの修羅場雰囲気だったんですね」

椿「だったんです」

紅葉「で、ゆくえちゃん今電話中?」

椿「この愚痴を言えるのは一人しかいないって。(上を指さして)ベランダ貸してる」

紅葉「それぞれ友達です、で済む話じゃないですか。どこにも恋愛感情ないですよね？（焦って）えっ、ないですよね？」

椿「ない。そうなんだよね、誰にも、どこにも恋愛感情ないのに……なのに、しっかりめに修羅場だった……」

夜々「シンプルに嫉妬ですよ」

紅葉「嫉妬？」

夜々「ゆくえさんの元トモさん、椿さんに嫉妬してたわけでしょ。俺の友達だったのにって」

椿「そんなことある？」

夜々「別に未練があるわけじゃなくても、元カノの今カレ見て、うわぁ……なんだこの気持ち……ってなったことありません？」

椿「想像に容易いです」

夜々「同じですよ。恋愛にあるんだから。友情にもあるでしょ。未練がなくても嫉妬は生まれるんです」

椿「そうかな……」

夜々「嫉妬は欲望ですから。人間からなくなることはありません」

紅葉「すごいこと言うね」

夜々「（ニタニタ笑って）昨日のドラマで言ってました」

椿・紅葉「（適当に）へぇ」

同・ベランダ

ゆくえ、電話で誰かと話している。

ゆくえ「赤田とあんな言い合いになったの高校生ぶりだよ。昔はいつも美鳥ちゃんが間に入ってくれたから……あれかな。美鳥ちゃんも一緒なら、また赤田と普通に戻れたりすんのかな……（苦笑して）そういう問題じゃないか」

赤田家・リビング（夜）

赤田、仕事から帰宅。

赤田「ただいまー」

峰子、キッチンで夕食を作っている。

峰子「おかえりなさーい、お疲れ様ぁー」

赤田「うん……ただいま」

峰子「（赤田の顔を見て）なんかほんと疲れてるね」

赤田「まぁ……うん」

峰子「（笑顔で）あ、ワイン開ける？　高いやつ。特別なときって言ったやつ、飲んでいいよ。特別疲れてるっぽいからいいよ」

赤田「（染みて）……峰子」

峰子、ワインを準備しながら、

峰子「はーい」

赤田「（泣きそうになって）二人で幸せになろうな」

峰子「（笑って）もう幸せだよ」

春木家近くのバス停（夜）

春木家からの帰り、バスを待つゆくえと夜々。

夜々「さっきの電話、いつものお友達ですか？」

ゆくえ「うん」

夜々「それは、女友達？」

ゆくえ「うん、そう。男友達って呼べるの赤田だけだったけど、もう友達じゃないから」

夜々「……すみません……」

ゆくえ「ううん。夜々ちゃんはさ、男女の友情って成立すると思う？」

夜々「（考えて）あー……。成立しないって最近まで思ってました。結局は異性だし、女友達みたいにはいかないだろって」

ゆくえ「うん」

夜々「でも、あっ条件次第かもな、って。紅葉くんは友達です。友達以上でも以下でもない。（笑って）以上にも以下にもならない」
ゆくえ「なるほどね。ありがとうございます」
夜々「どういたしまして」

バス車内（夜）

ゆくえと夜々、隣同士に座る。

ゆくえ「……じゃあさ、男同士とか女同士の恋愛って成立すると思う？」
夜々「はい、もちろん。知り合いとかにはいないですけど、当たり前にあると思います」
ゆくえ「そうなるよね。そうなるんだよ。みんな自分がどうこうじゃなくて、そういう人もいるって考えができる」
夜々「（頷いて）うん、そうですね」
ゆくえ「なのにさ、男女の友情は成立すると思う？　って質問だと、みんな自分はこう！　って自己主張ばっかりするでしょ」
夜々「……ですね」
ゆくえ「それがもう、そういうことなんだよ。恋愛より友情のほうが、なんか扱いが軽い。恋愛の話には慎重なのに、友情のことになると、無意識に他人の価値観否定しちゃってる……私もだけど」
夜々「……そうですね……私も」
ゆくえ「男女の友情は成立しないって人はいるよ。絶対いる。でも、私と赤田は友達だった。成立してた。それだけ。他人は関係ない。二人の間のこと」
夜々「……結局は全部、人それぞれですもんね。答えっていうか」
ゆくえ「（何度も頷いて）何が多様性だよ」
夜々「すぐ、多様性に理解あります、とか言って、」

ゆくえ「そう。理解とかいいよ、他人の価値観に理解なんてできないよ。知ってくれたらいい。干渉しなければいい」

夜々「……干渉しないでほしい……」

ゆくえ「性別めんどくさい。生まれ変わったら性別ない生き物になりたい」

夜々「カタツムリになろ。生まれ変わったら、一緒にカタツムリになろ」

ゆくえ「カタツムリに生まれても、また友達になろうね……」

夜々「なろうね……」

美容院『スネイル』・休憩室（日替わり）

夜々、一人で休憩中。

相良、入室し夜々と目が合う。

お互いになんとなく気まずく、

相良「……お疲れー」

夜々「……お疲れー」

相良、夜々の様子を気にしつつ、

相良「最近、ごめん。別に避けてるとかじゃなくて」

夜々「……うん」

相良「しつこかったなって、反省もしてて」

夜々「……うん」

相良「また、飲みに行こうよ」

夜々「……」

相良「違う違う。あの、友達として。ほんとに、ちゃんと、友達として」

夜々「（考えて）……相良くんは、条件が……」

相良「条件？」

夜々、時計を見て、

夜々「……あ、もう時間。ごめん」

と、部屋を出て行く。

相良「条件てなに……」

学習塾『おのでら塾』・講師室前廊下〜中

ゆくえ、廊下で電話中。

ゆくえ「わかった、考えてみる。またね」

ゆくえ、電話を切る。

スマホ画面に【志木美鳥】と。

入室し、自分のデスクへ。

学、嬉しそうな様子のゆくえに、

学「どうしたのニヤニヤして」

ゆくえ「私、引き抜かれるかもです」

学「えぇ……」

ゆくえ「まだ全然、決めたわけじゃないですけど」

学「やだよ……ゆくえちゃん人気なんだからぁ。うちのナンバーワンだよ。みんな悲しむよ。辞めるなんて言わないでよぉ」

ゆくえ「(ヘラヘラして) わぁ、なんか気持ちいいな」

教子「引き抜きって?」

ゆくえ「知り合いが個人塾始めるらしくて。始めるっていうか、再開するから、どう? って聞かれて」

教子「あぁ、あの、よく話してる?」

ゆくえ「(嬉しそうに) はい。東京戻ってくるらしくて」

教子「嬉しそ〜」

ゆくえ「(笑って) 最近、人の運があります。一人失った分、ドドッと人に恵まれるようになりました」

春木家・玄関〜リビング(夕)

椿、仕事から帰宅。

椿「ただいまー」

紅葉、洗面所の方から玄関に顔を出して、
紅葉「おかえりなさい」
椿「(クスクス笑って) 新婚みたいだね」
紅葉「(苦笑いで) あぁ…そういうの大丈夫です」
椿「(真顔で) 冗談だよ」
紅葉、歯ブラシを見せて、
紅葉「ほんとに持ってきました。置いといていいいですか?」
椿「それこそ新婚ぽいけどね。いいよ。洗面のあの、鏡開けたとこ」
二人、リビングに入って、
紅葉「……上の部屋って」
椿「奥の方が日当たりいいから、寝袋置いといたけど」
紅葉「(嬉しそうに) じゃあ奥の部屋借ります」
と、階段を上がる。
椿「(紅葉の背中に) ほんとに寝袋でいいのー?」
紅葉の声「寝袋がいいんですー」
椿、笑って、ダイニングテーブルのいつもの椅子に腰かける。
部屋を見渡して、テーブルの上の花瓶を見て、
椿「(小声で) ……どうしよ」

同・二階の空き部屋 (夕)

紅葉、寝袋に入ってタブレットで絵を描いている。
扉をノックする音。
紅葉「はーい」
椿、部屋に入る。
椿「あの二人、夜暇だって。来るって」
紅葉「はーい」
椿「……前に住んでた人のこと、なんかわかった?」

紅葉「わかんないです」
椿「あれ、なんだっけ？　なんか先生って」
紅葉「高校の時の先生です」
椿「担任の先生？」
紅葉「いや、非常勤で三年のとき数学だけ教わってて」
椿「一年間、数学教わってただけ？」
紅葉「はい。ほんと、それだけなんですよ。だから連絡先とかわかんないし。住所はあれです、年賀状で」
椿「そうなんだ……どんな人？」

紅葉、手を止めて、

紅葉「(小声で) どんな人なんですかねぇ……」
椿「……」
紅葉「俺が知ってるのは……ずっとイライラしてて、不機嫌な人でした。生徒みんなに嫌われてました」
椿「え、なんでそんな先生のこと、慕ってたの？」

紅葉、再びイラストを描きながら、

紅葉「協調性があり、お友達も多く、毎日元気に楽しそうに過ごしています」
椿「……どうした？」
紅葉「親切心があり、自ら進んで困っているお友達の助けになっています」
椿「……」
紅葉「思いやりの心があり、クラスのみんなから好かれています。お友達が多く、いつも明るく笑顔です」
椿「……」
紅葉「通知表に書いてある、あの、担任の先生のコメントです。忘れらんなくて。すごい褒められてんのに、トラウマなんです。ちょっと近い他人の大人からは、自分はそう見えてるんだって……

12年間、年に3回、成績よりそっちに絶望してました」

椿「……その非常勤の先生は、」

紅葉、寝袋の中にもぞもぞと潜り顔を隠して、

紅葉「佐藤くん、ほんとは友達いないでしょ？ 毎日無理に笑って、虚しくないの？」

椿「（ちょっと引いて）うわぁ……」

紅葉、顔だけ出して、

紅葉「言われたときは、うわぁって思いました……でもそれほんとだから。後からじわじわ、ちょっと悔しくて、嬉しいっていう」

椿「なるほどね……」

紅葉「なに相談しても、へぇ、とか。ふぅん、とか、それだけで。でも最後に、またおいでって言ってくれました。そういう人です」

椿「またおいで？」

二人、目が合う。

紅葉、照れくさくなり、また寝袋にもぐる。

椿、ニヤニヤしながら、寝袋ごと紅葉を転がす。

紅葉「うわ」

椿「（笑って）わかった。ありがとう」

紅葉「（顔を出して）……何がですか？」

椿「うん、ありがと。決めた」

同・リビング（夜）

椿、キッチンで鍋を煮込んでいる。

夜々、椿の横で鍋を覗き見て、

夜々「4人で初自炊ですね」

ゆくえ「できてる汁、入れただけだけどね」

紅葉「カット野菜だけどねー」

夜々「ガス使ったら自炊です」

レンジの温めが終わる。

ゆくえ、レンジから煮物を出して一つつまむ。

ゆくえ「おいしー。椿さんのお母さん天才ですね」

椿「はいはい」

夜々も一つ食べて、

夜々「(小声で)……懐かしい」

椿「はい、運びます。テーブル片して。お花どかして」

ゆくえ「はいはい」

と、ダイニングテーブルの花瓶をどかし、鍋敷きを置く。

椿、鍋をテーブルに置く。

三人「おー(と拍手)」

椿「はい、みんな座って。着席」

それぞれいつもの椅子に座る。

四人「いただきまーす」

椿以外の三人、鍋をつつき始める。

椿「手動かしながらでいんで、聞いてもらえます?」

ゆくえ「なんですかー」

椿「引っ越すことにしました」

三人、手が止まって、

三人「(椿を見る)……」

椿「あ、手動かしながらで大丈夫。冷めるから。はい、取り分けて」

三人、手を止めたまま、

夜々「誰が引っ越すんですか?」

椿「僕が」

紅葉「なんで?」

椿「やっぱり、一人で住む家じゃないし。それに、他にここに住みたい人がいるみたいなんで」

三人「……」

椿「引っ越し、決めました」

了

7

春木家・リビング（夜）

ダイニングテーブルにゆくえ、椿、夜々、紅葉。
定位置に座って鍋を囲んでいる。

椿「引っ越すことにしました」
三人「……」
動作を止めて椿を見る夜々と紅葉。
ゆくえ、鍋から自分の小皿に具材を取って、
ゆくえ「（椿に）了解です。（紅葉に）はい」
と、紅葉にお玉を渡す。
紅葉、椿を見ていて、
紅葉「……」
ゆくえ「紅葉」
紅葉「（気付いて）あ、ありがと」
夜々「……」
夜々、黙って鍋にも手をつけないまま。

ゆくえ「いつですか？　引っ越すの」
椿「まだ決めてないです。次の部屋も決まってなくて。まぁ、実家戻る手もあるし」
ゆくえ「あ、そうなんですね」
紅葉「すみません」
椿「……ん、僕？　なにが？」
紅葉「転がり込もうとして」
ゆくえ「（笑って）転がり込もうとしてたんだ」
椿「ううん、ごめんね。転がり、込ませ、られなくて？」
紅葉「（首を横に振る）……」
ゆくえ「この家、売りに出してたんですね」
椿「いや、買いたい人がいるって不動産屋から連絡があって」
ゆくえ「ん？」
椿「前に住んでた方が、買い戻したいって」
紅葉「……え？」

ゆくえ「買い戻す？」
夜々「……」
椿「一人なら、早いうちにどうかって相談してくれて……あ、そんなに損も出ない感じの条件で、はい」
ゆくえ「え……なんか、わがままですね……」
紅葉「（ゆくえを見て）……」
ゆくえ「前住んでた方は、椿さんが一人暮らしってことを知らずに言ってきたんですよね？　それでこんな早くに買い戻したいって、そんなことあります？」
椿「こっちも想定外に一人になっちゃったんで、ちょうどいいっていうか」
ゆくえ「でも、夫婦円満仲良し新婚生活だったら失礼な話ですよね……」
椿「それになれなかったんで……一人なんで……」

夜々「（ボソッと）一人じゃないです」
ゆくえ・椿・紅葉「（夜々を見る）……」
夜々、視線を感じて、
夜々「あっ、住んでるのは、椿さん一人ですけど……」
と、ようやく鍋に手をつける、
椿「……別に、ね。違うとこでこうやってご飯食べればいいいし」
ゆくえ「うん、ですね。じゃあ、今度みんなでうち来ます？　（笑って）狭いうえに妹いますけど」
夜々「（納得いかず）……」
紅葉、前の住人のことが気になって、
紅葉「（椿に）……直接話したんですか？」
椿「あ、前の人？　ううん、不動産屋さん通してだから……あ、紅葉くんのこと伝えとくね」
紅葉「はい、お願いします」
と、安堵した様子。

夜々、紅葉を凝視して、

夜々「……ラッキーって顔してますよ」

紅葉「……してないですけど」

ゆくえ「(思い出して)あ、そっか。紅葉その人捜してここ来たんだもんね……(無理に笑って)よかったよかった。よかったね。見つかったね！」

紅葉「(複雑で)……」

夜々「……そのお知り合い、わがままとか、わがままますぎませんん？」

ゆくえ「夜々ちゃん、わがままとか、失礼だよ」

夜々「先にゆくえさんが言ったんですよ」

ゆくえ「あ……」

紅葉「……」

椿、重い空気に耐え切れず、

椿「あー、待って待って。違うからね。僕が決めたことだから。家手放せって脅されたわけじゃないし、全然、そういうのじゃないから」

夜々「でも椿さん、買い戻したいって言われなかったら、引っ越し決めなかったんですよね？　売りに出してたわけじゃないんでしょ？　次の家もまだ決まってないんでしょ？　いつもの良い人発動しただけじゃないですか。欲しいって言われたからあげるってだけじゃないですか」

椿「(圧倒されて)……はい」

紅葉「……なんで悪者扱いされてんの？」

ゆくえ「されてない、されてない。されてないよ？」

椿「紅葉くんなんも悪くないし」

夜々「(不機嫌に)紅葉くんが悪いとは思ってないです」

紅葉「だからその、前に住んでた人が悪い感じになってるの、ちょっと腑に落ちないっていうか……」

夜々「たった数か月で売り戻せって、普通にわがままだなぁって、普通の感想です」
椿「うん、ま、なんか事情があるんだろうし……」
紅葉「事情も知らずにわがままとかって否定的な言葉使うのどうなの?」
　　夜々と紅葉、にらみ合っていて、
ゆくえ「あー、ごめんなさい。これ初対面のときと一緒だ、私が最初に余計なこと言ったせい。ごめんなさい」
三人「……」
ゆくえ「みんな言わないけど、これ、4人でもうちょっと、ここに集まりたかったなぁって。そういうモヤモヤでしょ。今のこの感じ」
夜々「……(頷く)」
紅葉「(何も言えず)……」
ゆくえ「うん、わかるわかる。でもさ、ここ椿さんちだし、私たちが何か言う権利ないよ……だから、ごめんなさい。最初にわがままって言ったのは、ほんとにごめんなさい。私が全部悪い」
紅葉「……」
夜々「……」
　　椿とゆくえ、気を取り直して、
椿「はい!　食べよ!」
ゆくえ「食べましょ!」
　　紅葉、黙って席を立つ。
ゆくえ「え、紅葉?」
　　紅葉、振り返らず階段へ向かって、
紅葉「仕事」
夜々「(紅葉の背中に)思春期かよ!」
ゆくえ「夜々ちゃん(やめなさい)」
夜々「……初めての自炊なのに」
椿「紅葉くんのぶん残しとこ」
夜々「……4人で食べたかったのに」

と、不機嫌に食事を続ける。

ゆくえのアパート・中（夜）

二人掛けのダイニングテーブルでアイスを食べているこのみ、ゆくえの話を聞いて、

このみ「(クスクス笑って）夜々ちゃん怒りポイントかわいいね。一緒に食べたかったたって。なにそれ」

ゆくえ「喧嘩するほどってやつ、ほんとなんだね」

と、テーブルに別の椅子とバランスボールを置き、簡易的に4人掛けにしてみる。

このみ「夜々紅葉、よく喧嘩すんの？」

ゆくえ「(言われてみれば)……初めて見たけど」

このみ「なんか全然意味わかんないんだけど」

ゆくえ「ん？」

このみ「なんでお花屋さんが引っ越すだけでそんなギスギスすんの？」

ゆくえ「(言われてみれば）んー……」

このみ「火星に引っ越すとかじゃないでしょ？どっか違う場所で集まればいいじゃん」

ゆくえ「まぁそうなんだけど……よくさ、デートはどこに行くかじゃなくて、誰と行くかだ、みたいなこと言うでしょ」

このみ「場所の方が大事だなぁ……」

ゆくえ「うん、このみはね。でも世間一般的にはそう言うの。場所より人が大事なの」

ゆくえ、空いている二つの椅子に一つずつぬいぐるみを置く。

このみ「ん？　じゃあ別にいんじゃない？　どこで会ったたって」

ゆくえ「それがさ、この人達だからっていうのもあるんだよ。この4人だから、ここ、っていうの

もあんの。みんなあの家が一番好きなの」
このみ「ふぅん。でもお花屋さんの家じゃん。他人が口出すことじゃないでしょ」
ゆくえ「(小声になって) そうなんだよねぇ……」
　残りの空いた椅子に腰掛けてみて、
ゆくえ「落ち着かないよなぁ……」
このみ「(察して) ……ここ部室にすんのナシだからね」

春木家・リビング（夜）

　紅葉、二階の部屋からリビングに下りてくる。
紅葉「……椿さん?」
　と、リビングを見渡す。
　椿、後ろからそっとやってきて、紅葉に膝カックンする。
紅葉「あっ……」
椿「(ニタニタ笑う)」
　紅葉、振り返って、
紅葉「(真顔で) ……」
椿「(真顔になって) ごめん。ほんとにやだった? ごめんね。ごめん。ごめんなさい」
紅葉「(首を横に振って) 初めてされたんで正しい反応がわかんなくて……」
椿「そっか。どっちにせよごめん」
　紅葉、上着を着て、荷物を持つ。
椿「帰るの?」
紅葉「別に売らなくてもいいですよ」
椿「……帰るかどうか聞いたんだけどな」
紅葉「事情話して連絡先だけ伝えてもらえれば、それで先生とは会えると思うし。家を手放す話は違うっていうか……」
椿「うん、でも、ここに住みたいみたいだから」
紅葉「……おじゃましました」

椿「うん、またおいで。まだいるから」
紅葉「おやすみなさい」
　と、リビングを出て行く。
椿「……おやすみー」

○タイトル

美容院『スネイル』・店内（日替わり）

　夜々、小学生の女の子のカットを担当する。
　カット台に座った女の子に絵本を数冊見せて、
夜々「どれがいい？」
女の子「これ」
　と、間違い探しの絵本を手に取る。
夜々「間違い探しおもしろいよねーお姉ちゃんも好きー」
女の子「……」
　女の子、真剣に絵本を眺めている。
　夜々、「かわいいなぁ」と微笑み準備を始める。
女の子「（振り返って）ねぇ」
夜々「んー？　間違い見つかった？」
女の子「どっちが間違い？」
夜々「どっち？」
　女の子、間違い探しの2枚の絵を見せて、
女の子「どっちが正解で、どっちが間違い？」
夜々「（小声で）たしかに……」

コンビニ・休憩室（夜）

　紅葉、バイトの休憩中。
　松井、着替えを済ませ、店内に出ようとすると、園田が出勤してくる。
園田「（紅葉に）お疲れ様です」

紅葉「お疲れ」
　園田と松井、無言で睨み合って、
園田・松井「……」
　黙って去っていく松井。
園田「(舌打ち)……」
紅葉「……え?」
園田「(前のめりに)聞いてくださいよ」
紅葉「なに……」
園田「あいつ最近彼女できて」
紅葉「(興味なくて)へぇ」
園田「俺の元々カノだったんすよ」
紅葉「(興味なくて)へぇ」
園田「普通いきなり名前なんて聞かないじゃないですか。知ってる子だなんて思わないし」
紅葉「まぁ」
園田「でも話聞いてたらどうも引っかかって。ちょっとずつ答え合わせしてったら……元々カノでした」
紅葉「元々カノ」
園田「俺と付き合ってるとき超インドアだったのに、二人でグランピングとか行ってんすよ。まじ許せない」
紅葉「元々ってくらい付き合ってたの昔なら、人は変わるんじゃない? 趣味くらい」
園田「二か月前です」
紅葉「(驚いて)二か月前? 元々カノで?」
園田「男に合わせて変えてんすよ、あの女……」
紅葉「(驚いて)え、二か月前?」

カラオケボックス・個室〜廊下(夜)

　ゆくえ、一人カラオケに来ている。
　飲み物が終わり、ドリンクバーへ行こうと廊下に出る。
　同時に向かいの個室の扉が開き、赤田が

出てくる。
二人、目が合って、
ゆくえ「……」
赤田「……」

×　×　×

ゆくえと赤田、お互いの個室の扉を開けて、廊下を挟んで話している。
赤田「（笑って）いや、ゴミ袋の袋は、ゴミだから」
ゆくえ「悔しいじゃん。ただでさえゴミ袋にお金出して買うの悔しいのにさ、一枚損したくないんだよ」
赤田「あの人よく潮の友達やれてんなぁ」
ゆくえ「ねぇ、椿さん保険入ったの？」
赤田「お客様の個人情報なんで、それはちょっと」
ゆくえ「よくクレーマーの愚痴言ってんじゃん」
赤田「あの人は客の鑑みたいな人だから」
ゆくえ「（笑って）え、じゃあ絶対なんか加入したじゃん」
赤田「言えない言えない。個人情報だから」
ゆくえ「まぁ入るよねぇ。椿さんだもん」
赤田「……あの後、あの人、大丈夫だった？」
ゆくえ「ん？」
赤田「あー……違う違う。その、友達なのはわかったんだけど」
ゆくえ「（笑って）はいはい。大丈夫。逆によかった。お互いに、ほんとに恋愛対象じゃないってハッキリわかった」
赤田「……そっか。ごめん」
ゆくえ「ううん。ごめん」
ゆくえ、リモコンをいじりながら、
ゆくえ「お互い東京来てからさ、大体このカラオケだったでしょ、二人で会うの」

赤田「うん」
ゆくえ「ここがなくなっても、他のカラオケで会ってたよね。たぶん」
赤田「だろうね。たぶん」
ゆくえ「場所が変わっても……」
赤田「ん？」
ゆくえ「……ごめん。違うわ。私と赤田は場所の問題じゃないんだった」
赤田「……」

店員、廊下にやって来て、

店員「お客様、広いお部屋が空いたので、お二人でそちらへ移られますか？」
ゆくえ「あ、いいですいいです。大丈夫です」
赤田「（ヘラヘラ笑って）一つの部屋ダメなんで」
ゆくえ「（ヘラヘラ笑って）二人で密室ダメなんでー」

店員、イラっとした様子で、

店員「……じゃあ、扉閉めていただけますか？」
ゆくえ・赤田「……ごめんなさい」

と、それぞれ部屋の扉を閉める。

赤田家・リビング（夜）

一人くつろいでいる赤田。
峰子、仕事から帰宅。
赤田、緊張した様子で体を起こして、

赤田「おかえり」
峰子「ただいま〜」
赤田「ご飯食べた？」
峰子「うん。ごめんね、作れなくて」
赤田「いいよ、いいよ、全然」
峰子「ふぅ、疲れた疲れたー」

赤田、意を決して、

赤田「……さっき、一人カラオケ行って来てさ。峰子、今日遅いって言ってたから」

峰子「いいよ、別に。カラオケくらい行きたいとき行きなよ」
赤田「うん……ありがと」
峰子「うん」
赤田「……一人で行ったんだけど」
峰子「うん」
赤田「ばったり会って」
峰子「誰にー？」
赤田「……潮」
峰子「(表情が曇って）……あぁ」
赤田「一緒にカラオケしてない。同じ部屋にも入ってない。ただ、まぁ、ちょっとしゃべって。しゃべったりはして……」
峰子「うん」
赤田「その、偶然とはいえ、ちゃんと報告しておくべきかなって……」

沈黙。

峰子、一息ついて。

峰子「こたくんが浮気するなんて、1ミリも思ってない。そんな勇気ないって知ってる」
赤田「(ちょっと複雑）……おぉ」
峰子「潮さんに恋愛感情はないって、それもほんとだと思う」
赤田「うん。ほんとにないよ。ない」
峰子「だから嫌なんだよ」
赤田「……ん？」
峰子「私には補えないってことじゃん。比べる土俵違うから勝ち負けもないってことでしょ？　彼女とか嫁からは得られない栄養を潮さんから得てるってことでしょ？」

と、早口に畳みかける。

赤田、理解が追い付かずポカンとして、

赤田「栄養」
峰子「わかるよ。男友達って楽だもん。結婚のあれこれめんどくさかったことの愚痴聞いてもらったもん」
赤田「え?」
峰子「二人きりじゃないよ?　私、男友達と二人で会うとかあり得ないもん。グループで遊んだときいろいろ聞いてもらって」
赤田「おー……（それはいいの?）」
峰子「だから頭ではわかるの。理解はしてんの。こたくんに潮さんが必要なのはわかってんの」
赤田「ん、まぁ、必要っていうか……」
峰子「でも自分のこととなるとさぁ〜!　やっぱこたくんのこと自分の栄養だけで育てたいもん!」
赤田「栄養」
峰子「何が足りないの?」
赤田「ん?」
峰子「潮さんにあって、私にない栄養素、なに?」
赤田「栄養素」
峰子「教えて。足りない分ちゃんと補って潮さんの要素を持った嫁になるから」
赤田「どういうこと?」
　峰子、泣きそうになって、
峰子「こんなにこたくんのこと好きなのに……栄養バランスのとれた旦那さんにしたいのに!」
赤田「ごめんごめん。落ち着いて。ありがとう。そんなに俺のこと好きだと思わなかったわ。ありがとう。落ち着こ」
　と、とりあえず峰子をなだめる。

希子の通う中学校・保健室（日替わり）

　向かい合って給食を食べている希子と朔也。
　希子、器用にニンジンを除けておかずを

食べている。
朔也「……好き嫌いしないで食べなよ」
希子「ニンジンからしか得られない栄養ないし。あったとしても、それ食べなくても死なないし」
朔也「屁理屈……」
希子「好き嫌いないの？」
朔也「ない」
希子「穂積はあれだよね、あれ。物好き」
朔也「は？」
希子「保健室で給食食べるのは、物好き」
朔也「……午後、音楽。音楽室。行く？」
希子「行かない（と即答）」
朔也「塾行くの？」
希子「んー、たぶん。もうゆくえちゃん出勤してるだろうし」
朔也「食べたらすぐ行く？」
希子「んー、たぶん」
朔也「じゃあ荷物持ってくるから待ってて」
希子「（顔を上げて）……ん？」

学習塾『おのでら塾』・教室

二人だけの教室で数学の問題を解いている希子と朔也。
ゆくえ、入室して、
ゆくえ「終わった？」
朔也「終わりました」
希子「いろんな意味で終わった」
ゆくえ「ん、大丈夫。終われば何かしら次が始まる」
と、解答のプリントを渡す。
ゆくえ「あ、二人いるから交換しよっか、答え合わせ。はい、プリント、チェンジ」
渋々解答用紙を交換する希子と朔也。
希子「……答え合わせ苦手」

ゆくえ「丸付け？　なんで？　はい、赤ペン出して」

希子、赤ペンを出しながら、

希子「答え合わせじゃなくて、間違い探しって思っちゃうから」

ゆくえ「あぁ、わかる。なんでも間違ってる前提で見ちゃうんだよねー」

希子「うん……（思わず笑って）すごー、絶対伝わんないと思った」

ゆくえ「自分は絶対当たってるって前提で生きてる人より、ずっといいよ。みんな何かしら間違ってんだから。はい、穂積くんの間違い探してやって」

希子「……うん」

と、採点を始める。

朔也「（希子を見て）……」

出版社『白波出版』・会議室（夕）

紅葉、後藤からイラストを描いた装丁の見本を見せられて、

紅葉「あぁ……」

後藤「あれ、もっと喜ぶと思いました。（笑って）これじゃまだ実感湧かないですか？」

紅葉「いや、嬉しい通り越して不安になってて……これで良かったのかなって」

後藤「正解はないですからね。反響もらって初めて答えが出るんで」

紅葉「……そうですよね」

後藤「少なくとも、作家さんも編集部も、これが間違いだとは思ってないです。だから佐藤さんのイラストに決めました」

紅葉、少しホッとして、

紅葉「はい、ありがとうございます」

同・ロビー（夜）

エレベーターから出てきた紅葉、スマホで電話をかける。

椿の声「はーい」
紅葉「あ、今会社います?」
椿の声「ううん、帰って来たとこ。来ていいよ」
紅葉「まだなんも言ってないです」
椿の声「思春期みたいになってたの、気にしてないよ」
紅葉「……今日はこれからバイトです。朝までです」
椿の声「ふぅん。大丈夫。別に来てほしくないから」
紅葉「（笑って）ちょっと良いことあったから、聞いてほしかっただけです」

と、歩き出す。

春木家・リビング（夜）

椿、紅葉と電話している。

椿「えっなに? イラストの仕事? 大きい仕事決まったの?」
紅葉の声「なんで全部先に言うかな」
椿「おめでと〜」
紅葉の声「椿さんの出版社から出る小説の、表紙のイラスト。見本できて、あとは発売待つだけになって」
椿「えっすごいじゃん! 買うね。いっぱい買う」

チャイムの音が鳴る。

通り（夜）

歩きながら電話する紅葉。

紅葉「お客さん?」
椿の声「たぶん夜々ちゃん。さっき来ていいか連絡あって。あ、テレビ電話にして一緒にしゃべる?」
紅葉「(笑って) いいです。嫌がられる。切りますね。報告したかっただけだから」
椿の声「そう?　じゃあまた、バイトないとき」
紅葉「はい、また。おじゃましました」

春木家・玄関(夜)

玄関に大きなダンボールを抱えた夜々。
迎え入れた椿、

椿「……なにそれ」
夜々「ネットで買いました」
椿「入手経路じゃなくて、中身」
夜々「直接ここに送ればよかったです……重かった……おじゃまします……」

と、玄関を上がる。

椿「持つよ……(一緒にダンボールを持って) 重っ、え、なにこれ?」

二人でリビングへダンボールを運びながら、

夜々「ポイントすごい溜まってて……」
椿「だから中身」

同・リビング(夜)

ダイニングテーブルの上に家庭用のエアホッケー。
椿と夜々、二人で緩く対戦しながら話す。

夜々「さすがにないとは思いました。いきなりこんなの持ってきて、嫌われに行くようなもんだなって」
椿「嫌いにはならないけど、びっくりはするよね」

夜々、チラッと椿を見つつ、

夜々「……すみませんでした。思春期みたいになって。どう考えても私が一番わがままでした」
椿「ううん。ちょっと嬉しかったよ。（笑って）二人、兄妹喧嘩みたいだったね」
夜々「……二人が無理でもいいやって」
椿「ん？」
夜々「二人になれないなら、４人でいれるようにしようって……あっ紅葉くんが言ってて」
椿「これ４人が一番楽しいやつだもんねー」
夜々「はい。家庭用はさすがに二人用でしたね。確認不足でした。（冗談交じりに）もう一個買おうかな」

　　椿、夜々はやはり引っ越しに反対と察して、

椿「……ここに前に住んでた、紅葉くんの知り合い」
夜々「はい」
椿「話で聞いただけの知らない人だけど、でも、それでもその人が住みたいならって、思っちゃったんだよね」
夜々「はい」
椿「どっちにしろさ、この家にずっと一人は現実的じゃないし」
夜々「はい」
椿「一人苦手だから、みんなが来てくれるのは嬉しいし、楽しいし。だから、追い出したいとかは、ほんとにまったくなくて」
夜々「はい……」

　　と、明らかにテンションが下がっていく夜々。

椿「……（冗談で）せっかくこれ買ってくれたし、いっそみんなでここ住む？」
夜々「はい！」
椿「あ、ごめん、冗談……」
夜々「私が純恋さんの代わりになるってあります

か？」

椿「（驚いて）……」

夜々「そしたら、ここに二人で住んで、あの二人も今まで通り好きに遊び来て。あ、でも気遣われるかな。あの二人なら大丈夫ですよね？　4人は4人で、4人のときは自分以外の3人は変わらず友達って、そういうのもアリかなって。二人のときは二人で、それはそれで関係性が変わるっていうのも……」

椿「（驚いたままで）……」

夜々、椿と目が合って、ハッとして、

夜々「……違います。例えです。一案です。ここに椿さんを住まわせておくための、代替案として……」

椿、夜々の気持ちを初めて確信して、

椿「うん……そっか……なるほど」

夜々「違います……（苦しくて）違く、ないけど……」

椿「うん……」

夜々「……」

椿「3人とも、同じかな。同じくらいみんな、同じように好き」

夜々「……（苦し紛れに笑って）同じです。私も、3人みんな、同じように好きです。好きです」

コンビニ・店内（夜）

夜々、バイト中の紅葉がいるレジに、大量のお菓子が入ったカゴを持ってくる。

夜々「やっちまった……」

紅葉「やっちまった？」

夜々「紅葉くんの方向性に合わせる必要ないとは思ってたの。自分なりの方法で想いを伝えよう。ちゃんとタイミング見極めようって……なのに、盛大に間違った……」

と、今にも泣き出しそう。

紅葉「（椿のこととわかって頷く）……」

夜々「出会ったことが間違いだったのかな……」

紅葉「ドラマ見すぎだから。ヒロインってすぐそうやって出会いから見つめ直そうとする」

と、会計を続ける。

春木家・外（夜）

椿、買い物から電話をしながら帰宅。

椿「はい。その方、友達の友達みたいで。あ、ですよね。一応お名前……」

驚いて家の前で足を止める椿。

椿「……あ、すみません。もう一回いいですか？」

椿、ある名前を聞いて、家を見上げる。

椿「……」

フラワーショップはるき・外観（日替わり）

同・春木家自宅

椿、押し入れの中から何か探し物をしている。

楓、椿に気付いてやってきて、

楓「帰ってたの？　どしたの？」

椿「ちょっとあの、答え合わせというか……」

椿、まとめて仕舞ってあった子供の頃の絵を見つける。

椿「あ、絵。絵、あった」

と、楓に見せる。

楓「下手くそ〜」

椿「紅葉くんには見せらんないなぁ」

と、順にめくっていくと、ノートの切れ端に描かれた、美鳥が描いた家の絵が出てくる。

椿「……あった」
　楓、覗き見て、
楓「これは上手いじゃん。（絵をよく見て）え？　兄ちゃんち？」
椿「……に、見えるよね」

春木家・リビング

　紅葉、ソファに座って、タブレットで絵を描いている。
　椿、二階から下りてきて、
椿「……紅葉くん」
紅葉「はい」
椿「前にここに住んでた人のことなんだけど」
紅葉「はい」
椿「その、紅葉くんの捜してる人ってさ……」
紅葉「はい」
　椿、改まってダイニングテーブルの椅子に座り、
椿「……」
紅葉「え、どうかしました？」
　と、ソファから立ち上がる。
椿「捜してる人……志木さんっていうの？」
紅葉「（椿を見る）……」
椿「（紅葉を見る）……」
紅葉「……違います」
椿「……え？」
紅葉「え？　シキ？　違います。小花さんです。小さい花って書いて、小花」
椿「え？」
紅葉「え……え!?　違うんですか!?　先生住んでたんじゃないんですか!?」
椿「えー……待って待って。待って。驚く準備してたのに、違うな。違う意味で驚き。え？　違うの？　志木さんじゃないの？」

紅葉「シキさんって誰⁉」
椿「あれぇ……」
紅葉「でもそっか、前の人とは限らないですよね。前の前に住んでたのかもしれないし……」
椿「こんな短いスパンであるかな」
紅葉「ありますよ、二か月前に別れた元々カノとかあるもん」
椿「なにそれ。でもそっか、あり得るか、違う人か……」

紅葉、開き直って、

紅葉「売らなくていいよ！　そんなわがままな人にこの家売り戻さなくていい！」
椿「うーわ。簡単に意見変えるじゃん」
紅葉「えぇ……会えないじゃん……まじか……」

と、突っ伏す。

椿「ごめん。それはなんか、ほんとごめん。まったく僕のせいじゃないけど」
紅葉「椿さんのせいではないけど……」
椿「申し訳ない気持ちは、すごいある」
紅葉「いや……椿さんのせいじゃないから……」
椿「でも、その、僕は得しちゃって」
紅葉「得とかないでしょ……」
椿「いや。その、前に住んでた人。志木さん……僕の、ずっと会いたかった知り合いでした」
紅葉「（顔を上げて）……え？」

ゆくえのアパート・リビング

ゆくえと夜々とこのみ、お菓子を食べながらドラマを見ている。
夜々、覇気がなくて、

夜々「あぁー、このヒロインそろそろ、出会ったことが間違いだった、とか言い出すね」
このみ「言うかな」

ゆくえ、スマホを見て、

ゆくえ「あの二人一緒にいるって。どうする？　行く？」
夜々「(少し考えて)……はい。行きましょ」
このみ「いってらー」
ゆくえ、出かける支度をしながら、
ゆくえ「この前、なんか変な空気になったけどさ。でもやっぱ、住んでるわけじゃない他人が口出すことじゃないよね。あのお家がある間は４人で過ごしてさ、そのあとはまぁ、考えようよ。火星に引っ越すわけでもないし。ね、どこかで４人で会おうよ。うんうん」
と、自分に言い聞かせるようにしゃべり倒す。
夜々「……うん」
ゆくえ「うんうん」
夜々「……この前、二人でご飯行ったんです」
このみ「お花屋さんと？」
ゆくえ「へぇ、どこ行ったの？」
夜々「一蘭です」
ゆくえ「(笑って)え、よりによって？　壁あるじゃん」
夜々「はい。話しにくいけど、でもラーメン食べてるとこって若干の恥ずかしさあるじゃないですか」
ゆくえ「はいはい」
夜々「だからちょっとありがたくて、あの壁」
ゆくえ「なるほどね」
夜々「あの壁を、もどかしくも、ありがたくも思えたら、恋です……」
ゆくえ「一蘭から恋心学ぶと思わなかったな」
夜々、ソファに寝転んで、
夜々「でも、もうありません……」
ゆくえとこのみ、進展があったと思い、
ゆくえ「えっ壁？　壁打ち破った？　なんかあっ

た？」
このみ「お花咲いた？」
夜々「なにもないってわかりました。向こうから私に、なにもない」
ゆくえ「（察して）……」
このみ「（小声で）枯れた……」
夜々「知ってます？　好きって言われてフラれることもあるんですよ。３人とも同じくらい、同じように好きなんですって。ゆくえさんと同じなの嬉しいな。好きな人に好きって言われて嬉しいな。両想いハッピー」
と、自暴自棄になっている。
ゆくえ「……今日はやめよっか！　女子三人でどっか遊び行こ！　ね！　あっドラマ見る？　続き見よ！　夜々ちゃんの考察当たってるかなぁ！」
夜々、立ち上がって、
夜々「行きます。椿さんち行きます」
ゆくえ「……いいよいいよ、なんか適当言って断るよ」
夜々「私も３人のこと、同じくらい同じように好きです……友達としては」
ゆくえ「……うん、私も」
夜々「（頷く）だから、４人では会いたいです。二人組が上手くいかないのは、別問題です」
ゆくえ「……うん、そうだね。正しい」
夜々「（頷く）」

春木家・リビング

ダイニングテーブルで話す椿と紅葉。
椿「中学の同級生で。卒業してから一度も会ってないんだけど」
紅葉「仲良かった子」
椿「うん。うん？　んー、周りはそんな風に思ってなかったと思うけど、実は、っていう」

紅葉「あ、付き合ってた子？」
椿「いや、違う。女の子だけど、そういうのじゃない」
紅葉「いまいちわかんないけど……あ、でも、いたってことですね。女友達」
椿「向こうが友達と思ってたかわかんないけどね」
紅葉「その、志木さん？　会えたってことですか？」
椿「ううん。名前聞いただけ」
紅葉「え？　じゃあわかんないじゃないですか。同姓同名かも」
椿「いやでも、漢字がちょっと珍しくて。フルネーム聞いてびっくりして、漢字聞いたらその字だったから、これは絶対あの志木さんだ！　って。絶対志木さん。しかもこの家に住んでたって、それがもう、納得しかない」

と、興奮気味に嬉しそうに話す。
紅葉、「先生」に会えない事実を思い返し、
紅葉「そっか……いいなぁ」
椿「……ごめん。なんかごめん」
紅葉「いえ……」
椿「……ほんとびっくりした。美しい鳥」
紅葉「ん？」
椿「あ、美しい鳥って漢字で、ミドリさんっていうの。志木美鳥さん」
紅葉「……小花美鳥」
椿「ううん、志木美鳥さん……ん？」
紅葉「俺のその、先生。小花先生。ミドリさんです」
椿「へぇ。名前一緒だね」
紅葉「美しい鳥って書いて、美鳥さんです」
椿「……え？」

通り（夕）

春木家へ向かうゆくえと夜々。

夜々「中学生にゆくえちゃんって呼ばれるの、バカにされてる感じしません？」
ゆくえ「ううん、嬉しいよ。高校のとき行ってた塾の先生にすごい憧れてたんだけど、私その先生のこと名前にちゃん付けしてたの」
夜々「じゃあむしろ憧れの先生と一緒なんだ」
ゆくえ「そう。ミドリちゃん」
夜々「ミドリちゃん？」
ゆくえ「うん」
夜々「へぇ、一緒！」
ゆくえ「ん？」
夜々「もう何年も会ってないけど、大好きな従姉妹のお姉ちゃんがいて。名前、ミドリちゃんです！」

春木家・リビング（夕）

そのままダイニングテーブルで話している椿と紅葉。

椿「……美鳥さん？」
紅葉「（頷いて）美鳥さん」
椿「……」
紅葉「……」

玄関から、

ゆくえの声「こんにちはー」
夜々の声「おじゃましまーす」

リビングに入ってくるゆくえと夜々。

椿「……」
紅葉「……」

見つめ合っている椿と紅葉。

ゆくえ「なんでにらめっこしてるの？」
夜々「すごいですね。よく紅葉くんの目力に負けずにいられますね」

椿、目をそらして、

椿「(ゆくえと夜々に) ねぇねぇ」

夜々「(小声で) あ、負けた」

椿「ミドリさんって名前、それなりにいるよね？」

ゆくえ「えっ、私たちもさっきミドリちゃんの話してました」

椿「え？」

夜々「ゆくえさんの高校の時の塾の先生と、私の従姉妹のお姉ちゃん、どっちもミドリちゃんだったんです」

紅葉「あぁ、やっぱそれなりにいるよね。ミドリって名前」

ゆくえ「そんなに珍しい名前じゃないでしょ」

夜々「(気付いて笑って) ゆくえ、つばき、もみじ、よよ、よりは絶対多いです」

椿「たしかに」

ゆくえ「4人合わせてもこっちの方が少ないよね」

紅葉「たしかに」

夜々「よくもまぁ、こんな珍しいの集まりましたよ」

ゆくえ「紅葉の苗字だけ逆に浮いてる」

紅葉「ほんとだよ、佐藤が一番変な気がしてくる」

椿「ゆくえさんってどんな字書くんですか？」

ゆくえ「ひらがなです」

椿「あ、そうなんですね」

夜々「かわいいですよね、ひらがなの名前」

ゆくえ「ありがとー気に入ってるー」

4人、ミドリの話題からそれて何気なく笑う。

夜々「あ、漢字で言えば、私の従姉妹、珍しいかも。みどちゃん、美しい鳥って書くんです」

椿・紅葉「（夜々に）え？」
ゆくえ「え!? 私の美鳥ちゃんも！」
椿・紅葉「（ゆくえに）え!?」

ゆくえと夜々、偶然だと思い、

夜々「えっ、すごーい！ みどちゃん以外に初めて会った！ 会ってはないか！ すごーい！」
ゆくえ「すごい偶然！ やっぱあれだね。姓名判断とかってさ、大事なんだよ。私たちと気が合う二人が同じ名前なんだもん」
夜々「ですね！ え〜すごい、びっくり！ なんか嬉しい！」

椿と紅葉、偶然とは思えず、

椿「……苗字は？」
ゆくえ「潮です。あの、満ち潮とかの、」
椿「違う違う知ってる」
紅葉「その、ミドリさんの苗字」
ゆくえ・夜々「志木」
椿・紅葉「……」

さすがに偶然とは思えず、

ゆくえ・夜々「（顔を見合わせて）……え？」

沈黙。

椿「はい。ちょっと、座って。着席」

ゆくえと夜々、ダイニングテーブルの定位置へ。

ゆくえ「志木美鳥……」
夜々「志木美鳥です、従姉妹のお姉ちゃん……」
椿「やっぱ志木さん……」
紅葉「……また俺だけ違う」
椿「あ」
紅葉「やっぱ俺だけ違うじゃん。なにこれ。なんで。なにこの仲間外れ感」
ゆくえ「なに？ 二人にもいるの？ 美鳥ちゃん」
椿「えっと、僕には、志木美鳥さんっていう知り合いがいて、紅葉くんには、小花美鳥さんってている知り合いがいて……」
夜々「え!?　みどちゃん！」
紅葉「三人の知り合いは志木さんって同じ人ってことでしょ？」
夜々「小花です」
ゆくえ「志木でしょ？」
夜々「みどちゃんが、結婚してたときの苗字」
紅葉「……」
夜々「小花美鳥だったとき、あります」
紅葉「え……じゃあ……」
ゆくえ「4人とも……」
椿「同じ人……？」
夜々「さすがに4人同姓同名ってこと……」
紅葉「変わった苗字まで一緒なんてこと……」
沈黙。
ゆくえ「あっ、本人に確認すればいいのか」
椿「そっか。従姉妹なら」
夜々「ごめんなさい。わかんないんです。ちょっとこう訳アリな人で、連絡先知らなくて……」
紅葉「そうなんだ……」
ゆくえ「じゃあ、私電話するね」
と、しれっとスマホをいじり出す。
椿・夜々・紅葉「（驚いて）え？」
ゆくえ「あ、LINEでいい？　電話の方が早いかなって」
夜々「え、みどちゃんの連絡先知ってるんですか？」
ゆくえ「うん。そのみどちゃんが私の美鳥ちゃんかわかんないけど」
紅葉「なんで早く教えてくれなかったの!?」
ゆくえ「紅葉が美鳥ちゃん捜してるなんて思わないから……いや、その人が美鳥ちゃんかわかんないし！」

椿「まぁ、じゃあ電話で」
ゆくえ「……はい。電話しますね」
と、美鳥に電話をかける。
呼び出し音が鳴り続ける。
四人「(画面を凝視して)……」
電話に出ない。
ゆくえ「出ないね……一旦切ります。切りまーす」
と、電話を切る。
小声で口々に、
三人「緊張したぁ……」
ゆくえ「一応LINE入れます。三人の名前を知ってるか聞いてみればいいですかね?」
椿「はい、お願いします」
ゆくえ、LINEを打つ。
夜々「懐かしい、みどちゃん……」
紅葉「(夜々に)ねぇ、新潟の高校で、非常勤の先生してるときが苗字小花だよね?」
夜々「(考えて)んー、紅葉くんが高校生の頃なら、ちょうど苗字は……でも結婚して仕事辞めたはず……」
ゆくえ、LINEを送り終えて、
ゆくえ「美鳥ちゃん、塾の先生じゃないの?」
夜々「塾講師はしてました! 私が最後に会ったときは塾で働いてました」
ゆくえ「だよね! 学校の先生はしてないよ!」
夜々「いや、教師もしてました。それは間違いないです」
紅葉「ほら!」
ゆくえ「え? うそうそ。美鳥ちゃん塾講師だよ。学校の先生じゃない」
椿「あの……」
ゆくえ「はい」
椿「志木さんが勉強を教える仕事してるとは思え

ないんだけど……」

夜々「椿さんのみどちゃんは何者ですか?」

椿「中学の同級生です」

紅葉「頭良かったんじゃないですか?」

椿「いや、荒れてました」

ゆくえ「荒れてるって?」

椿「(淡々と)ほとんど学校に来なくて、来るときは誰かしら殴ってたらしいです」

三人、引いて、

ゆくえ・夜々・紅葉「(え?)……」

椿「先生もクラスメイトも、みんな怯えてましたね。懐かしいなぁ……」

と、しみじみしている。

三人、さらに引いてしまって、

ゆくえ「……絶対私の美鳥ちゃんじゃない」

夜々「私のみどちゃんでもないです」

紅葉「俺の先生でもない。絶対ない」

椿「いや、良い人なんだよ!」

ゆくえ「良い人は人を殴りません!」

夜々「私、みどちゃんが高校生の頃なら会ってます。夏休みに福岡遊びに来てくれて、そのとき将棋教えてもらったんです」

紅葉「殴られた?」

夜々「殴られてない」

ゆくえ「将棋盤の角でゴンッて、」

夜々「ゴンッてされてない。優しかったです」

椿「僕の志木さんだけ違う人なのかな……」

紅葉、夜々に恐る恐る、

紅葉「え、訳アリって……?」

夜々「みどちゃん、親とあんま関係良くなくて。親戚が集まるときも顔出さないから」

紅葉「最後に会ったの、その将棋教わったとき?」

夜々「そのあと東京でもう一回会ってます。その頃は私が訳アリで、ちょっとだけみどちゃんちに居候してました……ぽわぽわした優しい人でしたよ。殴られてない」
紅葉「ぽわぽわ？」
夜々「はい。ふわっと、ふにゃっと。柔らかい人です」
椿「紅葉くんが言ってた人じゃないね」
紅葉「ないです」
夜々「ん？」
紅葉「ずっとイライラしてて、いつも不機嫌な人だった」
夜々「え、絶対違う。全然違う。みどちゃんじゃない」
夜々と紅葉、顔を見合わせて「ん？」と。
椿「ゆくえさんは、ずっと連絡取ってるんですか？」
ゆくえ「いいえ、上京してからはずっと疎遠だったんですけど、美鳥ちゃんのやってる塾を知って、それで連絡とれるようになって。何年か前に桜新町に一軒家買って、そこで小さな塾を……（あっ）」
4人、リビングを見渡す。
椿「……ここですかね」
ゆくえ「ここですね……」
紅葉「塾辞めちゃったってこと？」
ゆくえ「お母さんの介護が必要になって、北海道の実家に戻ったって」
夜々「みどちゃんの実家、北海道です！」
椿「……これ確定ですね」
紅葉「やっぱここに住んでたんだ……」
夜々「みどちゃんだ……」
ゆくえ「美鳥ちゃん……」
それぞれ思いを馳せる。
少し考えてみると、全員に「ん？」と思

う部分があって、顔を見合わせる。

ゆくえ「でもなぁ、やっぱない！　元ヤンはない！　あり得ない！」

椿「いや待って、志木さんが先生ってほうが想像できないから！　先生を困らせる人だったから！」

夜々「イライラしてるような人じゃないんだよなぁ、ましてや高校生に対して」

紅葉「ぽわぽわはない。そんな緩い人じゃない！」

4人、堂々巡りに笑えてきて、

ゆくえ「(笑って) あーもういいよ！　答え出ないって！　LINEの返事待と！」

椿「(笑って) これ他人なら他人でおもしろいよね」

夜々「(笑って) 同姓同名のほうが奇跡ですよ！　その4人ここに集めましょ」

紅葉「(笑って) いや、やっぱ同じ人だったらおもしろいよ。先生元ヤンとか」

ゆくえ「(笑って) 美鳥ちゃんが元ヤンはおもしろすぎ」

夜々「(笑って) ほんとそれ。みどちゃん絶対人殴ったことないもん」

椿「ちょっと、僕の志木さんだけ間違いにしないでよ」

ゆくえ「ふぅ、頭使ってお腹減った。ご飯どうする？」

夜々「みどちゃん、料理得意だったなぁ」

ゆくえ「へぇ、美鳥ちゃんどうだろ。聞いたことないな。紅葉の先生は？」

紅葉「聞いたことない。でもなんか下手な気がする」

夜々「やっぱ別人か」

椿「あ、料理？　志木さんはね、」

ゆくえ「絶対料理とか無理ですよね」
椿「決めつけないでくれる？　ヤンチャな料理好きもいると思うよ？」
紅葉、キッチンからチョコチップのスティックパンを持ってきて、
紅葉「椿さん、これ食べてい？」
夜々「私も食べたい。精神安定パン」
夜々と紅葉、パンを食べ始める。
椿「なに？」
夜々「精神安定パン」
ゆくえ「これ食べると落ち着くんだよねー」
と、ゆくえもパンに手を伸ばす。
紅葉「家にあるだけでちょっと安心する」
夜々「わかるわかる」
椿「変なあだ名付けないでよ」
と、椿も食べ始める。
4人、もぐもぐしながら、
椿「ご飯どうしよっかー」
了

ビジネスホテル・一室（夜）

トランクを抱えて入室する女性。

電源が落ちているスマホを充電器に繋げる。

スマホの電源が付き、ＬＩＮＥが来ていたことに気付く。

ゆくえから着信と、その直後に【突然ごめんね。春木椿、深雪夜々、佐藤紅葉、この人たち知ってる？】と。

美鳥「……え？」

女性は志木美鳥（36）。

8

春木家・リビング（夜）

キッチンで洗い物をする椿。

ゆくえ、夜々、紅葉、だらだらと帰る支度をしながらしゃべっている。

紅葉「聞くだけでちょっと熱出るやつある」

ゆくえ「なになに」

紅葉「（無表情で）他人は変えられないけど、自分は変えられる」

ゆくえ・夜々「（納得して）あぁ〜」

ゆくえ「私あれ。死ぬ気で頑張れ、死なないから」

紅葉「わかる。頑張りすぎると人は死ぬよね」

夜々「死にますね。かすり傷でもいっぱい付けられたら死にます」

紅葉「かすり傷いっぱい付けて殺すタイプの人いるよね」

夜々「います。いっそぶん殴られるほうがいい」

ゆくえ「無傷に越したことないんだけどね……」

三人、「うんうん」と頷く。

紅葉「夜々ちゃんは？」

夜々「（無表情で）生まれ変わったら夜々ちゃんになりたーい」

ゆくえ「うわぁ……こっちの苦労も知らないで……」

紅葉「不幸自慢始まるやつだ……」

夜々「そう……お前の不幸を私の幸福のせいにすな……」

と、頭を抱える。

椿、洗い物を終えて3人の元へ来て、

椿「ごめん、なんの発表会？」

三人、帰る支度を済ませて立ち上がる。

ゆくえ「嫌いなポジティブワードです」

紅葉「椿さんいっぱいありそう」

椿「（笑って）なにそれ。ないよ。ネガティブより良いでしょ」
夜々「なんか思いつくのありません？」
椿「（考えて）えー……失敗は成功の基？」
三人「（納得して）あー、はいはい」
椿「成功者はね、失敗を悠々と語るよね」
三人「（納得して）うんうん」
椿「（深刻になって）……止まない雨とか、明けない夜とかないらしいけど、咲かない花はあるし」
三人「（おや……？）」
椿「（溜め息をついて）咲いてもみんな枯れるし」
三人「（まずい……）」
椿「置かれた場所で咲きなさいとかね、良い言葉だよね……（苦笑して）できれば最初っから咲ける場所に置いてほしいけどね！」

三人、椿に寄り添って、背中をさすったりしながら、みんなでリビングを出て行く。

ゆくえ「人生つらいね、苦しいね」
夜々「ポジティブな人、怖いね」
紅葉「泊まろうか？　大丈夫？」
椿「大丈夫。いい加減一人に慣れないと……」

シンクの横に洗われた4人のマグカップ。

バス停（夜）

ゆくえ、アパートの最寄りのバス停に降りる。
夜々の乗るバスに手を振り、見送る。
歩き出そうとするとスマホに着信。
画面を見ると【志木美鳥】と。電話に出て、

ゆくえ「（緊張して）……もしもし」

コンビニ・店内（日替わり）

バイト中の紅葉、仕事の合間にタブレットでイラストを描いている。

【伊田幸徳】からLINEの通知。すぐに開く。

紅葉から【小花先生って今どうしてるか知ってる?】と送っていたのに対して【誰だっけ?】と。

紅葉、【数学の】と打ち始めると、伊田から【数学の感じ悪い人か!】と。

紅葉「(溜め息)……」

美容院『スネイル』・休憩室

休憩中の夜々、昼食を終えて電話をかける。

夜々「もしもし、パパ? ママ元気? ……うん、そっか。ありがと。ごめんね……それとさ、みどちゃんって、そうそう、そのみどちゃん……(知らないと言われ)そうだよね。ごめん急に。はーい。またねー」

と、電話を切る。

夜々「(溜め息)……」

フラワーショップはるき・店内(夕)

椿、仕事帰りに店に寄る。

仕事中の鈴子と楓、椿に気付いて、

楓「おかえり。どうしたの?」

椿「いや、早く上がれたから寄ってみただけ」

楓「ふぅん」

椿、適当に店内を見ながら、

椿「……母さん、覚えてないと思うんだけど」

鈴子「んー?」

椿「中学の時、たまにうちに遊び来てた、遊びにって言うか、なんか店手伝ったりとか、」

楓「あー、よく来てた子いたね。なんだっけ？」
鈴子「美鳥ちゃん？」
　椿、「覚えてるんだ」と少し驚きつつ、
椿「……そう、志木さん。志木さん、転校して、それきりだよね？」
鈴子「うん、会ってないね」
椿「だよね……」
楓「そういう人ってあれだよね、一回思い出すとずっと気になっちゃうよね」
椿「……」

喫茶店・店内（夕）

　ゆくえ、来店。
　店内を見渡し、誰か見つけて駆け寄る。
　テーブル席まで来て、
ゆくえ「……美鳥ちゃん」
　ゆくえを待っていた美鳥、顔を上げて、
美鳥「（笑顔で）ゆくえ」

○タイトル

春木家・リビング（夕）

　ダイニングテーブルに椿、夜々、紅葉。
　椿、4人のグループLINEを見ながら、
椿「ゆくえさん来れないんだ」
夜々「あれ、あれは？　連絡。みどちゃんからあったんですかね？」
紅葉「なんも言ってこないから、まだ返事ないってことじゃない？」
夜々「（考えて）……言わないだけかも」
紅葉「なにそれ」
夜々「ほんとにみどちゃんが4人の共通のみどちゃんだったとして……私がゆくえさんの立場だったら、先にみどちゃんと二人で会います。他の三人に内緒で」
椿・紅葉「（なるほど）……」
夜々「散々それぞれのみどちゃんのこと話したけど、確実なのって、みんなそれぞれのみどちゃんのこと大好きってことじゃないですか」
　椿と紅葉、照れくさいのでボソボソと、
紅葉「好きとかじゃ……」
椿「うん、好きとかじゃなくて……」
夜々「嫌いですか？」
紅葉「嫌いとかじゃ……」
椿「うん、嫌いとかじゃなくて……」
夜々「好きな人と久しぶりに会うとき、他の、別の、好きな人たちが一緒にいたら、緊張しません？　なんかこう、感情出しにくい気がしませんか？」
紅葉「それはまぁ」
椿「そうかも」
夜々「誰かの前だけの自分ってあるじゃないですか。嘘の顔ってことじゃなくて」
紅葉「それもまぁ」
椿「あるかも」
夜々「ゆくえさん的にも、（ゆくえの真似のつもりで）わー美鳥ちゃんあの3人とも知り合いなんだねーじゃあ5人で会おうよー、ってならないと思うんです」
紅葉「なるほど……」
椿「たしかに……」
夜々「ね。だからたぶん……うん。みんなのみどちゃん」
椿・紅葉「……」

喫茶店・店内（夕）

　テーブル席で向かい合って座るゆくえと美鳥。

ゆくえ「ほんとはね、美鳥ちゃんがみんなの美鳥ちゃんってわかったら、その時点で、みんなに連絡するつもりだったんだけど……」
美鳥「(笑って)みんなの美鳥ちゃんて」
ゆくえ「でも、ごめん、まだ言ってない。勝手に先に会っちゃった。抜け駆けしちゃった」
美鳥「まぁ……4人まとめて来られたら、私もなんていうか(と照れ笑い)」
ゆくえ「だよね？　なんか緊張するっていうか」
美鳥「感情迷子になりそう」
ゆくえ「その人の前だけの自分ってあるしね」
美鳥「あるある。嘘の顔ってことじゃなくて」
ゆくえ「わかる……だから久しぶりは、二人で会いたかったんだよね、ごめん勝手に」
美鳥「ううん、ありがと。ゆっくり話せたし、二人でよかったよ」
ゆくえ「(少し考えて)……じゃあ」
美鳥「ん？」

春木家・リビング（夜）

椿、夜々、紅葉、夕食を終えて各々くつろいでいる。
夜々のスマホにゆくえから着信。
夜々「あ、ゆくえさんです」
と、二人に知らせてから電話に出る。
夜々「もしもし？　はい、椿さんちです。うん、紅葉くんもいますよ……ん？」
と、椿と紅葉を見る。
椿、キッチンで水色のマグカップを手にして、
椿「来るって？」
夜々「……」
夜々、紅葉の袖を取って二人でソファへ行き、椿と距離をとる。

紅葉「え?」

椿「え?」

夜々、椿に聞こえないようコソコソと紅葉に耳打ちをする。

椿、キッチンから二人を見て、

椿「え……やだなにこれすごいやだ」

紅葉、夜々からスマホを受け取る。

夜々、耳を近付けて一緒にゆくえの声を聞く。

紅葉「ゆくえちゃん? 俺。うん、うん……」

夜々と紅葉、同時に振り返って椿を見る。

夜々・紅葉「……」

椿「……なに?」

夜々と紅葉、また前に向き直り、電話に戻る。

椿「えぇ……なに……」

紅葉「わかった。じゃあ、そうする。切るね、はーい」

と、電話を切り、スマホを夜々に返す。

夜々と紅葉、そそくさと帰る支度を始める。

椿「え」

夜々「帰ります」

椿「なんで?」

紅葉「代わりばんこ」

椿「なにが?」

夜々「あっ、今晩家から出ちゃだめですよ」

椿「なんで?」

紅葉「お家で大人しくしてて」

椿「え?」

夜々「おじゃましました」

紅葉「ごゆっくりどうぞ」

と、二人で家を出て行く。

椿、理解が追い付かないまま、

椿「なに？　え、なに？　……なに？」

通り（夜）

夜々と紅葉、春木家からの帰り道を歩く。

紅葉「さすがに説明端折りすぎたかな」

夜々「不安がってそうですよね」

二人、スマホを出して、

紅葉「さりげなくフォロー……」

夜々「ささやかな気遣い……」

と、呟いて何か打ち込む。

春木家・リビング（夜）

椿のスマホ、4人のグループＬＩＮＥに通知。

紅葉【みんな椿さんのこと大好きだよ】

夜々【今日もコーヒーおいしかったな】

椿「……怖い、逆に怖い、なに……」

チャイムの音。

同・玄関（夜）

椿、夜々と紅葉が戻ったと思い、扉を開けながら、

椿「ねぇ、これなんの遊び……」

柵の向こうに誰かいるのが見え、少し玄関を出る。

椿「……え」

美鳥が立っていて、椿に小さく手を挙げ、

美鳥「春木」

椿「……」

ゆくえのアパート・リビング（夜）

ゆくえ、夜々と紅葉の前に高級アイスを置いて、

ゆくえ「お詫びの品です。ごめんなさい」

二人、すぐアイスに手をつけて、

夜々「別に全然」

紅葉「うん、全然」

ゆくえ「いきなりみんなで会うってなんか……」

夜々「はい。こっちもそういう話しました」

紅葉「二人ずつで正解だと思う」

ゆくえ「(ホッとして) だよね、よかった」

夜々「ほんとにみんなのみどちゃんでしたねぇ、びっくり」

ゆくえ「ね……なんか反省した」

紅葉「なんで?」

ゆくえ「自分が知ってる頃の美鳥ちゃんだけで、こういう人って決めつけてた」

夜々と紅葉、「たしかに……」と頷く。

ゆくえ「あ、ちょうど東京来てたのは、椿さんちに住んでる人に挨拶しにってことらしくて」

夜々「椿さんちに住んでる人、椿さんですけどね」

ゆくえ「そう。それも説明して。で、じゃあ、まず会うのは椿さんだなって。すごいよ、中2ぶりだって」

夜々「へぇ」

紅葉「……」

ゆくえ、紅葉が話しに入ってこないのを気にして、

ゆくえ「紅葉は高校卒業ぶりだっけ? 会うの楽しみだね」

紅葉「……会いたかったけど」

夜々「けど?」

紅葉「俺は、みんなみたいに仲良かったとかじゃないから。向こうも別に、会いたいとかないと思うし」

夜々「(複雑で) ……」

ゆくえ「(夜々に) ねぇねぇ、聞いて」

夜々「ん？」
ゆくえ「佐藤くん、ほんとは数学得意なのにわざと悪い点とってたんだって。美鳥先生の補習受けたくて」
夜々「えーなにそれかわいー」
紅葉「（動揺して）ちょっと待ってなにそれ」
ゆくえ「佐藤くんの数学の先生が言ってた」
紅葉「待って。違うから」
夜々「佐藤くんかわいー」
紅葉「佐藤くんやめて」

春木家・リビング（夜）

椿と美鳥、リビングに入る。
美鳥、部屋を見渡して、
美鳥「変な感じ。違う家みたい」
椿「うん」
美鳥「でもなんか……ちゃんと帰ってきた感じある」
椿「あ、じゃあ……」
と、ダイニングテーブルに目をやるが、座る位置を考えてしまい、
椿「適当に、その辺に」
と、ソファを指さす。
美鳥「ありがと。失礼しまーす」
と、ソファに腰かける。
椿、テーブルの上の夜々と紅葉のカップを下げて、キッチンへ。
美鳥の分のコーヒーを準備する。
美鳥「あ、そっか。夜々と佐藤くんいたんだもんね、さっきまで」
椿「（顔を上げて）え？」
美鳥「ゆくえに聞いた」
椿「（少し考えて）……え？」
美鳥「ん？　なんも聞いてないの？」

椿「なんか、ゆくえさんから電話来たとかで、」

美鳥「(クスクス笑って) ゆくえさん」

椿「夜々ちゃんと紅葉くん、なんも教えてくれなくて、そそくさと帰ってったんだけど……」

美鳥「(クスクス笑って) 夜々ちゃん、紅葉くん」

椿「(つられて笑ってしまい) なに」

美鳥、さらに笑ってしまって、

美鳥「ごめん。呼び方、聞き慣れなくて。こうなったのも全部聞いてると思ったし。ごめんごめん」

椿、楽しそうに笑う美鳥に少し驚いて、

椿「……」

美鳥「みんなのこと、4人のこと、ざっくり聞いて。びっくりした。春木がゆくえと友達とか……(笑って) ごめん、ダメだな、やっぱ笑っちゃう」

椿「……」

椿、コーヒーを持ってソファへ。

美鳥の前にカップを置き、

椿「あ、コーヒーで大丈夫?」

と、美鳥の横に少し距離をとって腰かける。

美鳥「うん、ありがと」

椿「……変な感じだよね」

美鳥「うん、でも納得ではある。ゆくえとか夜々と仲良いって。あーでも佐藤くんはちょっと意外かなぁ」

と、穏やかに微笑む。

椿「(美鳥を見て) ……」

美鳥「あの4人かぁ、って。いろいろこう、記憶辿って。思い出が繋がって、楽しくなっちゃった」

椿、美鳥の様子に安堵し、

椿「……よかった」

美鳥「ん?」

椿「どうしてるかなって、たまに思い出してて」
美鳥「……うん」
椿「ここ、買うときとか。店手伝うときとか……あ、花屋まだやってて。弟が継ぐ予定で」
美鳥「そうなんだ」
椿「うん……で、あの3人とそういう話に、志木さんの話になって、余計にいろいろ思い出して、勝手に心配して。今更なんだけど」
美鳥「あの頃もあの後も、いろいろあったけど……でも、こうやって昔の友達に会って回ったり、あと、こういう家、自分で買ったり」
椿「(涙ぐんで)……うん」
美鳥「そういうの、一人でできるようになった」
椿「(涙ぐんで)……怪我、もうしてない?」
美鳥「(笑って)してない。もう喧嘩してない」
椿「(笑って)そっか。よかった」
　二人、照れくさそうに笑う。

[回想] 椿が通っていた中学校(朝)

　22年前。中学二年生の椿(14)がいる教室。

　ホームルーム前、一人で読書をしている椿。

　クラスメイト数人が窓の外を見て、
生徒1「あ、志木美鳥」

生徒2「うわーまた怪我してる」

　生徒たちが窓の外を見て、「また喧嘩したんだ」「来るなよ」「怖いね」と口々に話している。

　本当に怖がっているというより、その状況を楽しんでいる様子。

椿M「僕が知っている頃の志木さんは、いつもギラギラしていて、怖くて。中学のみんなから、嫌われていた」

　椿、後ろの方でこっそり背伸びして窓の

外を見ようとする。

同級生の美鳥（14）、腕を怪我して包帯を巻いている。ダラダラと校舎に向かって歩く。

椿「（美鳥を見て）……」

〔回想〕フラワーショップはるき・外（日替わり・夕）

花屋の前を通りかかった美鳥、花に目がいって立ち止まる。頬に真新しい怪我。

美鳥「……」

店の手伝いをしていた椿、美鳥に気付いて、

椿「……志木さん？」

美鳥、顔を上げて椿と目が合う。

美鳥「……」

黙って帰ろうとするが、

椿「怪我。ほっぺ、血出てる」

美鳥「（立ち止まって）……」

〔回想〕春木家・リビング（夕）

ダイニングテーブルに椿、美鳥、鈴子。

手当を終えた鈴子、救急箱を持って立ち上がり、

鈴子「甘いもの好き？」

美鳥「……（小さく頷く）」

鈴子「ちょっと待ってて」

と、リビングを出て行く。

椿と美鳥、二人きりになってしまって、

椿「（慌てて）なにする？　漫画読む？　テレビ見る？　あっ将棋できる？　将棋しよ！」

と、将棋盤を持ってくる。

美鳥「……」

椿「……僕のこと知ってる？」

美鳥「……同じクラス」

椿「あ、知ってるんだ」

美鳥「……将棋、知らない。できない」

椿「じゃあ教えるね。ちょっと待って。並べるから。あ、そっち側、真似して並べて。はい」

　と、駒を並べ始める。

美鳥「……これ、喧嘩だから。怪我」

椿「ほんとに喧嘩してるんだ」

美鳥「みんな言ってるでしょ」

椿「みんな言ってるけど、見た人はたぶんいないし、」

美鳥「……」

椿「志木さんから直接聞いた人もいないし。ただの噂だと思ってたから」

美鳥「……」

　美鳥、椿が並べた駒を真似して自分の駒も並べていく。

　椿、美鳥が並べた駒の向きを直して、

椿「こっち向き。相手と向き合うように置く」

美鳥「……」

　美鳥、駒の向きを直していく。

［回想］フラワーショップはるき・店内（日替わり）

　美鳥、鈴子に教わって店の手伝いをしている。

椿Ｍ「それから志木さんは、時々気まぐれにうちにやって来ては、一緒に将棋を指した」

［回想］春木家（実家）・キッチン（日替わり）

　美鳥、鈴子と料理を作っている。

椿Ｍ「僕が学校に行っているときは、店の手伝いをしたり、母から料理を教わったりしていた」

　学校から帰宅した椿、二人の様子をぼんやり眺める。

［回想］同・リビング（日替わり）

将棋を指しながら話す椿と美鳥。

椿「将来の夢ってある？」

美鳥、手が止まって、

美鳥「ん？」

椿「進路決められないいって言ったら、先生が将来の夢があれば決まるって」

美鳥「（首を傾げて）……」

椿「職業じゃなくてもいいんだって。目標とかでも」

美鳥「（考えて）……家がほしい」

椿「家？」

美鳥「自分の家。帰りたい家」

椿「どんなの？」

美鳥「どんな……（と言われても）」

椿、鞄からノートを出して一枚破り美鳥に渡す。

美鳥、「描けってことか……」と、理想の家の絵を描き始める。

椿、それを覗き込んで、

椿「えっ、上手……」

×　　×　　×

美鳥が帰った後のテーブルに、春木家によく似た一軒家の絵。

椿、リビングに戻って来て、絵を手に取り眺める。

［回想］同・同（日替わり）

椿、将棋の駒を並べ、美鳥を待っている。

美鳥の声「おじゃまします」

椿「はーい」

リビングに入って来た美鳥、片目に眼帯。

椿「（驚いて）……」

椿M「来るたび新しい怪我をつくってきて、毎回、喧嘩した、と言っていた」

　美鳥、椿の向かいに座って、一手目を指す。

　椿、自分も一手指す。

椿M「一方的な暴力でも、喧嘩と言うんだろうか」

〔回想〕同・同（日替わり・夕）

　椿、将棋を並べ終え、ただ座って待つだけ。

椿M「志木さんは、何も言わずに突然来なくなり、それからすぐ、転校したと知った」

　リビングの扉が開く。

　椿、ハッとしてみるが、入って来たのは鈴子。

椿「（なんだ）……」

　鈴子、見かねて向かいに座り、一手指す。

　椿、自分も一手指す。

椿M「会えなくてもいいから、もう怪我をしていないことを願った。いつか、帰りたい家を持てるようにと願うしかなかった」

春木家・玄関〜リビング（夜）

　美鳥、玄関で靴を履いて、
美鳥「おじゃましました」
椿「おじゃましました？」
美鳥「うん。おじゃましたから。急に」
椿「でも、また志木さんの家に戻るし」
美鳥「……それはまた、今度ちゃんと話そ」
椿「……」
美鳥「春木の友達、あと二人、まだ再会できてないんだよね。聞きたいし。椿さんの話とか、この家の話とか」
椿「……うん」

美鳥「じゃあ」
椿「うん、またね」
美鳥、玄関を出て行く。
椿、リビングに戻って、部屋の中を見渡す。
椿「……」
シンクに椿の赤いカップと、美鳥に出した別のデザインのカップ。

同・外（夜）

美鳥、門から出て、家を見上げて、
美鳥「……」

ゆくえのアパート・リビング（夜）

引き続き三人で話しているゆくえ、夜々、紅葉。
紅葉、テーブル脇の小さいゴミ袋に【家庭用ゴミ袋45L】と書かれているのを見つけて、
紅葉「え、やば。ゆくえちゃんこれほんとにゴミ袋にしてんの？」
ゆくえ「やばくないでしょ。袋なんだから」
夜々「意外とケチですよね」
紅葉「時々おばさんくさいことするよね」
ゆくえ「（ムッとして）二人ともアイス返しなさい」
玄関の扉が開く音。
このみ、仕事から帰宅しリビングに入ってくる。
このみ「（3人を見て）……」
夜々「あ、このみちゃん。おじゃましてます」
ゆくえ「LINE見た？（紅葉を示して）ほら、会いたかった幼馴染だよー」
紅葉とこのみ、目が合って、

紅葉「（緊張して）……久しぶり」
このみ「（ほくそ笑んで）……お風呂入れてくる」
　と、リビングを出て行く。
ゆくえ「（このみに向かって）なみなみに水張って！」
紅葉「帰る……」
　と、立ち上がる。
夜々「（クスクス笑って）なんで泊まってこうよ」
　と、紅葉を引き留める。
紅葉「やだ帰る……」
夜々「（ゆくえに）泊まっていいですよね？」
ゆくえ「もう帰れなくなるかもね」
夜々「（紅葉に）パジャマ貸してくれるって。泊まってこ」
紅葉「やだ怖い帰る……」
　テーブルの上の夜々のスマホに【志木美鳥】から着信。
　気付かず話し続ける3人。
　電話が切れ、待ち受け画面に不在着信の履歴が出る。

美容院『スネイル』・店内（日替わり）

夜々「ありがとうございましたー」
　勤務中の夜々、出入り口で客を見送る。
　相良、遠目に夜々を見ている。
相良「……」
　杏里、相良の様子を見て、
杏里「……」

同・店前の喫煙所～店内（夜）

　退勤後の相良と杏里、煙草を吸いながら話す。
相良「好きな子に言われて、一番ショックな言葉、わかります？」

杏里「生理的に無理?」
相良「そのくらい突き放されるならマシです」
杏里「(考えて)……友達だと思ってた、友達にしか見れない、友達以外ありえない、友達としては好き」
相良「いっぱい言わなくていいです」
杏里「お互い片想いなんだ。一方は恋、一方は友情」
相良「彼氏って嘘つかれたんですけど、ほんとは友達の、男友達いて、夜々ちゃん。しかもイケメンの」
杏里「友達ならいいじゃん」
相良「友達なのが、いいなぁって……いいなぁって思って、また余計なこと言いました」
杏里「それで余計に嫌われたんだ」
相良「……最初から友達目指せばよかったです」
二人、煙草を消して店内に戻る。

退勤した夜々、休憩室から出てきて、二人とすれ違う。
夜々「お疲れ様でした」
杏里「お疲れー」
と、言いつつ相良に目配せ。
相良「……夜々ちゃん」
夜々「(振り返って)ん?」
相良「この後って時間ある?」
夜々「ごめん、約束あって」
相良「そっか……友達?」
夜々「いや、友達じゃなくて、」
夜々のスマホに通知があり、目をやる。
画面を見て嬉しそうに微笑む夜々。
相良「(夜々の表情を見て)……」
夜々「(顔を上げて)あ、じゃあ、お疲れ様でした」
相良「お疲れ様……」

夜々、小走りで店を出て行く。

杏里「誰だろね、友達じゃない人」

相良「……」

同・外（夜）

夜々、浮足立って外に出る。

店前の階段で美鳥が待っている。

お互いに目が合って気付き、

美鳥「（微笑んで）夜々」

と、小さく手を振る。

夜々、満面の笑みで駆け寄る。

夜々のアパート・中（夜）

美鳥の手料理がテーブルに並んでいる。

夜々と美鳥、向かい合って座り食事をとる。

夜々「うん！　これだ。ママよりママの味」

美鳥「（笑って）そう」

夜々「……ねぇ、北海道のおばさんってさ、」

美鳥「家でお兄ちゃんが看てる。施設も考えるって」

夜々「……そうなんだ」

美鳥「一応連絡もらって。その、お母さんそういう感じって。来なくていいとは言われたんだけどさ、わざわざ塾閉めて、家売って、帰った」

夜々「……」

美鳥「（苦笑して）帰ったんだけど、全然帰って来たって感じしないの」

夜々「わかる」

美鳥「……」

夜々「意地っていうか。わかるよ。親とか家族とか関係ないよって言われることあるけど、関係あるもん。意地でも関わらなきゃって思う。わかる」

美鳥「（微笑んで）ありがと」
夜々「（首を横に振る）……」
美鳥「一人暮らし寂しくない？」
夜々「全然。東京のほうが友達いるから」
美鳥「そ、ならよかった」
夜々、食べながら美鳥をチラッと見て、
夜々「……」

［回想］深雪家・リビング

20年前。福岡。夜々（6）の実家。
高校一年生の美鳥（16）、夜々とぬいぐるみで遊んでる。
夜々M「私の知っている頃のみどちゃんは、いつもぽわぽわしていて、穏やかで」
沙夜子がリビングの隅で電話している。
沙夜子「ほらだって、うち4人もいるし、夜々なんてまだ小さいし……（溜め息）ちゃんとお金振り込んでくださいよ？」
美鳥「（聞こえていて）……」
沙夜子、美鳥に笑顔を向けて、
沙夜子「みどちゃん」
美鳥「はい」
沙夜子「電話、お母さんから。夏休みの間は、ここに泊まりなさいって」
美鳥「……はい」
沙夜子「（小声で）ふぅ……ご飯どうしよ……」
美鳥「……」
夜々「みどちゃん？」
美鳥「（微笑んで）ん？」
美鳥、また夜々の遊びに付き合う。
夜々M「大好きな従姉妹のお姉ちゃんだったけど、親戚中から、嫌われていた」
沙夜子、出かける支度をして、
沙夜子「（夜々に優しく）お買い物行ってくるね

ー。（美鳥に強めに）夜々見ててね。危ないことしないでよ。お願いね」
美鳥「はい」
沙夜子「いってきまーす」
夜々「いってらっしゃい」
　沙夜子、家を出て行く。
　美鳥、緊張が解けて脱力する。
　ぬいぐるみで遊んでいる夜々を横目に、部屋の隅に将棋盤があるのに気付く。
美鳥「……夜々、あれお父さんの？」
夜々「パパとお兄たちの」
美鳥「夜々はまだ難しいか」
夜々「女の子だから」
美鳥「ん？」
夜々「女の子だから、あれはしなくていいって。ママが」
美鳥「（夜々を見て）……教えてあげよっか」
夜々「（美鳥を見て）……いいの？」
美鳥「（笑顔で）教えてあげる。ママに内緒で」
　夜々、満面の笑みで頷く。
　×　×　×
　美鳥、夜々に将棋を教えている。
夜々M「6歳の私は、遊びに来てくれたんだと思い喜んでいたけど、実際は親戚中にたらい回された挙句たどり着いたのがうちだったらしい。みどちゃんは親戚中から厄介者にされていて、中でも特に厄介に思っていたのが、みどちゃんのママだった」

［回想］同・夜々の部屋（日替わり）
　女の子らしく飾られた子供部屋。
　将棋崩しをしながら話す夜々と美鳥。
夜々「いつまでいてくれるの？」
美鳥「夏休みが終わるまで」

夜々「終わったら？」
美鳥「高校行かなきゃだから、新潟に帰るよ」
夜々「みどちゃんのママは？」
美鳥「今は北海道にいるの」
夜々「ママも、夏休み終わったら新潟に帰るの？」
美鳥「どうかなぁ、あの人の夏休み終わらないだろうし……（溜め息をつき）夜々のママと半分にしたらちょうどいいのにね」
夜々「？」
美鳥「娘への、束縛っていうか」
夜々「ソクバクってなに？」
美鳥「好きすぎて、嫌われることしちゃうってこと」

［回想］沙夜子の車・車内（日替わり）

沙夜子の運転する自家用車。助手席に夜々。
後部座席に大きな荷物と共に座る美鳥。
夜々Ｍ「みどちゃんは夏休み最終日に新潟へ帰った。みどちゃんのママもお兄ちゃんも北海道に残ったらしい」

［回想］駅・ロータリー

沙夜子、駅のロータリーに車を停める。
運転席を降り、美鳥の荷物を降ろす。
沙夜子「気を付けて帰ってね」
美鳥「お世話になりました」
沙夜子「（不安になって）……お母さん、大丈夫？」
美鳥「大丈夫です。ありがとうございました」
沙夜子「……そう」
夜々「（二人を見て）……」
夜々Ｍ「愛着のない場所、誰も待っていない場所、そこに一人で向かうことも、帰ると言うんだろうか」

沙夜子、運転席へ戻る。

美鳥、沙夜子が見てないのを確認して、夜々に向けて、将棋を指すジェスチャーをした後「シー」と口の前で人指し指を立てる。

真似してジェスチャーする夜々。

美鳥、優しく微笑んで、駅へ歩いて行く。

夜々M「みどちゃんが、いつか自分のいたい場所に帰れることを願った。おかえりと言ってくれる人が、そこにいることを願うしかなかった」

夜々、助手席の窓に顔を押し当てて、いつまでも美鳥を見ている。

夜々のアパート・中（夜）

キッチンに二人分の食器が片付けられている。

美鳥、荷物を持って玄関へ向かう。

美鳥「じゃあ、行くね」

夜々「うん、気を付けてね」

美鳥「ありがと。おじゃましました」

と、扉を開けようとして、振り返り、

美鳥「……佐藤くんてさ」

夜々「佐藤くん？　あ、紅葉くん？」

美鳥「うん、そう。その子。あの子さ、なんか言ってた？　会いたくないとか、そういうの」

夜々、少し考えて、

夜々「……みんな、みどちゃんがいたこと、知らずに集まったのね、あのお家」

美鳥「うん」

夜々「でも、紅葉くんだけは、みどちゃんに会うために行ったんだよ」

美鳥「……うん」

夜々「口ではなんか、グチグチ言ってたけどね。思春期だから」
美鳥「まだ思春期なのかぁ。拗らせてるなぁ」
　二人、顔を見合わせて笑って、
美鳥「ありがとね。おじゃましました」
夜々「うん、また来てねー」
　と、手を振る。
　手を振り返し、部屋を出て行く美鳥。

春木家・リビング（夜）

　椿、シャワーを終え、リビングに戻る。
　紅葉、ソファでイラストを描いている。
椿「泊まってく？」
　紅葉、椿の方を向かず手を動かしたまま、
紅葉「ううん」
　椿、チョコチップのパンを紅葉の視界に入れて、
椿「パン食べる？」
紅葉「ううん」
　椿、紅葉の顔を覗き見て、
椿「……ご機嫌斜め？」
紅葉「ううん」
椿「（小声で）……拗ねてる……」
紅葉「拗ねてないです」
椿「（冗談交じりに）あれだ。志木さんに会うの、自分が一番最後だからだ」
紅葉「（無表情で）……」
　椿、紅葉の横に座って、
椿「え、ごめん、ほんとにそれ？」
紅葉「……どんな顔して会おうかなって」
椿「うん」
紅葉「なに話そうかなって」
椿「うん」
紅葉「そういうの、ちょっと考えてるだけです。

考え事すると、機嫌悪い顔になるんです。ごめんなさい」
椿「ん、そっか。いいよ、機嫌悪い顔してて」
紅葉「……」
椿「でもあれじゃない？　そもそも会いに来たんじゃなかった？」
紅葉「他に話す人いなかったから。その時は、まだ」
椿「なるほどね」
紅葉、チラッと椿を見て、
紅葉「……俺のことなんか言ってました？」
椿「(ニヤニヤして) 志木さんの補習受けたくて、わざと赤点とってたのほんと？」
紅葉「(呆れて) みんなそればっか……」
椿「(ニヤニヤして) ねぇほんと？」
紅葉「(小声で) うるさいなぁ……」

学習塾『おのでら塾』・教室（日替わり）

ゆくえ、授業の準備をしながら希子の自習を見ている。
希子、ゆくえに自分の解答と模範解答を見せて、
希子「ねぇ、これ。途中式これでもあってる？」
ゆくえ、希子の解答に目を通して、
ゆくえ「うん、これでもあってる。正解」
希子「うん、ありがと」
ゆくえ「……不思議だよね、違う解き方してもちゃんと同じ答えになるんだよね……」
希子「それが美しいんだって語ってたじゃん」
ゆくえ「答え合わせしたのね」
希子「ん？　なんの？」
ゆくえ「友達の間で、同姓同名の知り合いがいたの。その人がほんとに同一人物なのかどうか」
希子「へぇ」

ゆくえ「結果同じ人だったんだけど……辿り着くまでが全然違ってて。同じ答えとは思えないところがいっぱいあって」

希子、教卓の上の立体模型を指さして、

希子「円錐みたいな感じ？　丸にも三角にも見える。人によって見え方が違う」

ゆくえ「でも円錐、丸でも三角でもないし。そもそも平面じゃないし」

希子「それは知ってるけど。（小声で）わかりやすいと思って言ってあげたんじゃん……」

ゆくえ「（考えて）……見てる方向が違うだけの人がさ、奥行き無視して勝手に丸だ、三角だ、って言い合って。それって、円錐からしたらどう思うんだろ……」

希子「円錐の気持ちまで考え始めたの？」

希子、時計を見て、思い立ったように荷物をまとめ始める。

ゆくえ「ん？　学校戻るの？」

希子「帰る」

ゆくえ「授業これからですよ？」

希子「帰る。ありがとうございました」

と、教室を出て行く。

ゆくえ「（気になって）……」

学習塾・前

美鳥、買い物袋を掲げ、泊まっているビジネスホテルへ向かう途中、学習塾の前を通りかかる。

美鳥「……」

気になって横目に塾を見る。

塾から出てきた女性、美鳥を見て、

女性「美鳥先生？」

美鳥、声がして振り向くと、以前美鳥の塾に通っていた子供の母親で、

美鳥「あっ、ご無沙汰してます……」
女性「(嬉しそうに) 東京戻られたんですか?」
美鳥「……」
女性「(塾を指さして) 今ここ通わせてるんですけど、やっぱり美鳥先生が良いって、よく言ってて」
美鳥「あぁ、ありがとうございます……」
女性「再開されるなら、また通わせてください」
美鳥「……はい。ぜひ」

学習塾『おのでら塾』・教室

ゆくえ、一人で授業の準備をしている。
制服姿の朔也、教室に入ってくる。

ゆくえ「あれ? 早いね。どうした?」
朔也「望月は?」
ゆくえ「ちょっと前に帰っちゃったんだよー」
朔也「……」

朔也、適当に席に着く。
ゆくえ、様子が気になって、近くの席に座る。

ゆくえ「なんか言われた?」
朔也「(言うか悩んで) ……」
ゆくえ「保健室来るなとか言われた?」
朔也「…… (頷く)」
ゆくえ「それね、保健室に来ることで、穂積くんが嫌な思いするくらいなら、私一人でも大丈夫だよ、って意味ね」
朔也「……」
ゆくえ「一人で大丈夫っていうのも、意味がいろいろあって、あれなんだけど」
朔也「……望月、みんなから嫌われてて」
ゆくえ「みんなって?」
朔也「学校の、クラスのみんな。保健室に給食持ってくの、押し付けあったり、いるとき、少しだけ聞こえるようにコソコソ話したり」

ゆくえ「うん……」

朔也「はっきりさせないようにしてる。はっきり、言い切れないように……」

ゆくえ「いじめじゃないって言い訳できる程度にしてるんだ」

朔也「(頷く) ……」

ゆくえ「被害妄想とか、便利な言葉使える感じの」

朔也「(何度も頷く) ……」

ゆくえ「いっそぶん殴ってほしいよね。ずるいよね、かすり傷だけいっぱい付けて」

朔也「学校の先生って、相談したらなんとかしてくれるんですか?」

ゆくえ「(即答できず) ……」

朔也「言って、余計にってこと、ある気がするから」

ゆくえ「それさ、ほんとにクラスメイトみんな?」

朔也「はい」

ゆくえ「穂積くんもクラスメイトでしょ?」

朔也「……はい」

ゆくえ「じゃあ希子、みんなに嫌われてるわけじゃないね」

朔也「……はい」

ゆくえ「学校の先生はね、なんとかしてくれる人もいるし、してくれない人もいるよ」

朔也「……」

ゆくえ「先生とか、クラスメイトとか、そういう呼び名じゃわかんないんだよ。その人がどうかでしかないから」

朔也「……」

ゆくえ「希子のこと、嫌われてる子だから嫌いって子もいるでしょ、たぶん」

朔也「(頷く)……ほとんどそれだと思う」
ゆくえ「教室に行けたり、みんなに好かれたり、それができたらすごいけどさ。でも、みんながあの子のこと嫌いだから、って理由でみんなにならなかったのはすごいよ。それだけでその子は救われると思うよ」
朔也「(涙ぐんで)……」
ゆくえ「つらいんだよね、みんなと違うこと考えたり、思ったりって。つらいよね」
と、朔也の前にティッシュを置き、背を向けて再び授業の準備をする。

通り(夜)

帰宅途中のゆくえ、スマホで電話しながら歩く。
ゆくえ「ごめんね、聞いてほしくなっちゃって……大丈夫かな」
美鳥の声「うん、間違ってないよ」
ゆくえ「うん。美鳥ちゃんがそう言うなら、大丈夫な気がする」
美鳥の声「私のお墨付きなんかあっても、大して、」
ゆくえ「大した事あるよ」
美鳥の声「んーでも、ゆくえの先生してた頃って、私ほら、嫌われてたじゃん。塾のみんなから」
ゆくえ、道路に置かれたカラーコーンが目に付いて、立ち止まる。
ゆくえ「……みんなじゃないよ。私と赤田は好きだったよ、好きだよ」
美鳥の声「(笑って)その二人かぁ～」
ゆくえ「(笑って)え、そこ?」
と、また歩き出す。

紅葉のアパート・中（夜）

紅葉、イラストの作業をしていると、スマホに着信。緊張した様子で電話に出る。

紅葉「……はい」

美鳥の声「こんばんは。小花です。もう違うけど」

紅葉「はい」

美鳥の声「ごめん、ゆくえに番号聞いちゃった」

紅葉「教えるねって、聞きました」

美鳥の声「ん、そっか」

お互いに黙る。

紅葉、沈黙に少し焦り、

紅葉「……」

ビジネスホテル・一室（夜）

美鳥が泊まっている都内のビジネスホテル。

美鳥、常備されているメモ用紙とペンで絵を描きながら紅葉と電話している。

紅葉の声「……嫌いなポジティブな言葉ってあります？」

美鳥「沈黙やぶる質問それ？」

紅葉の声「……すみません」

美鳥「佐藤くんは？」

紅葉の声「他人は変えられないけど、自分は変えられる」

美鳥「（クスクス笑って）あーなんか、相変わらずっぽいもんね、佐藤くん」

紅葉の声「俺自身は、なんも、はい。相変わらずです」

紅葉のアパート・中（夜）

紅葉、イラストの続きを描きながら美鳥と電話している。

美鳥の声「ん、それはよかった」
紅葉「……まだ東京いますか？」
美鳥の声「うん」
紅葉「会って、しゃべったりできますか？」
美鳥の声「うん。どっか……補習室とかある？」
紅葉「(笑って) ないですね」
美鳥の声「ないかー」
紅葉「(笑って) なんか、機嫌良いですね」
美鳥の声「(つられて笑って) なにそれ」

紅葉、話しながら、イラストを描き続ける。

了

9

春木家・リビング（夜）

椿、部屋の隅でダンボールを開けている。

紅葉、「白波出版」と書かれた紙袋を持って階段を下りながら、

紅葉「椿さん、いらなければ全然いいんですけど、」

椿「（振り向いて）ん？」

紅葉、大きなダンボールを見て、

紅葉「……荷造りですか？」

椿「ううん。見て」

と、嬉しそうに中を見せる。

大量の紅葉が表紙を描いた小説。

紅葉「あ……そっか、社員だから。すみません、一冊あげようと思って、」

椿「（ニコニコして）全部自腹」

紅葉「（驚いて）全部自腹？」

椿「（ニコニコして）うん」

紅葉「え、会社でもらえないの？」

椿「（ニコニコして）お金使ってあげたくて」

紅葉「……俺のこと初孫だと思ってます？」

椿「（ニコニコ）」

紅葉「否定してよ。怖い怖い」

玄関の扉が開く音と、近付いて来る二つの足音。

ゆくえと夜々、リビングに入って、

ゆくえ「こんばんはー」

夜々「お、紅葉くん、いらっしゃい」

紅葉「チャイム鳴らしなよ」

椿、小説を二冊、ゆくえと夜々に差し出して、

椿「はい。お裾分けー」

ゆくえ「あー紅葉の！　いりません」

紅葉「え」

夜々「私もいらないです」

紅葉「え」

ゆくえ「（嬉しそうに）もう買いました」
夜々「（嬉しそうに）私もネットで頼んでありま す。ランキング一位になってましたよ！」
ゆくえ「えー、すごーい！」
　紅葉、嬉しいが照れくさくて、
紅葉「……それは、作家が有名だから……」
椿「すごいね〜、有名な人の本の表紙」
ゆくえ「ね〜、すごいね〜」
夜々「紅葉くんすご〜い」
　と、ニタニタする3人。
紅葉「……」
　紅葉、照れくさくなって二階へ。
椿「一緒に読もうよー」
紅葉「（階段を上がりながら）仕事あるから！」
ゆくえ「（笑って）照れてるー」
夜々「（笑って）思春期ー」
　椿、紅葉がいなくなったのを確認して、

椿「……紅葉くんも、志木さんと二人で会えたの？」
ゆくえ「約束はしたみたいですよ」
夜々「なんか想像つかない。あの二人一緒にいるの」
ゆくえ「他のみんなだって想像つかないよ。変な感じ」
椿「……5人集まったら、どうなるんだろね」
三人「（想像して）……」

○タイトル

本屋・店内（日替わり）
　美鳥、新刊のコーナーで紅葉のイラストが表紙の小説を見つけて、手に取る。
美鳥「（嬉しそうに）……」

×　×　×

ゆくえ、絵本のコーナーで幼児向けの間違い探しの本を手に取る。

ゆくえ「(真剣に中を見て)……」

美鳥、ゆくえを見つけて、

美鳥「いたいた。お待たせ」

ゆくえ「……ねぇ、間違い探しの答え合わせって、なんか変な日本語じゃない?」

美鳥「(クスクス笑って)そういうの気にするよね」

ゆくえ、絵本をまじまじと見ながら、

ゆくえ「気になっちゃうんだよね……間違いを見つけるゲームの答え……間違いが正解……」

美鳥「ゆくえも変わんないね」

ゆくえ「ん?」

美鳥「お腹減ってる?」

ゆくえ「減ってきた」

と、絵本を閉じて元の場所へ。

二人、並んで歩いて行く。

美鳥「なに食べたい?」

ゆくえ「美鳥ちゃんとだからなー。ファミレスかなー」

美鳥「(笑って)ファミレス食べたいのね」

ゆくえ「(笑って)うん」

ゆくえM「美鳥ちゃんも、あの頃と変わらないように見えた」

［回想］ゆくえが通う塾・教室

16年前。高校三年生のゆくえ(18)が通っている進学塾。

授業を終えて帰り出す生徒たち。

ゆくえ、模試の結果を眺めて落ち込んでいる。

ゆくえM「私の知っている頃の美鳥ちゃんは、いつもニコニコしていて、明るくて」

大学生バイトの美鳥（20）、ゆくえの元へ。

美鳥「ゆくえ？　どうした？」

ゆくえ「（不安そうに）美鳥ちゃん……第一志望、B判定だった……」

美鳥「今Bならすごいよー」

ゆくえ「赤田はA判定だった……」

美鳥「よそはよそ。うちはうち。（笑って、小声で）赤田の志望校と比べてもしょうがないでしょー」

と、笑顔でゆくえを励ます。

講師「志木先生、ちょっと」

と、教室の外から男性講師に手招きされる。

美鳥「はい……（ゆくえに）ごめんね」

と、教室を出て行く。

ゆくえ「……うん」

ゆくえM「でも、塾のみんなからは、嫌われていた」

廊下で何か注意を受けている様子の美鳥。
教室の中の生徒たちも、それを見てひそひそ話している。

ゆくえ「（心配そうに美鳥を見て）……」

〔回想〕通り（夜）

ゆくえと美鳥、塾帰りに歩いている。

ゆくえ「進路決めた。塾講師」

美鳥「へぇ、物好きー。ゆくえは学校の先生でもいいと思うけどね」

ゆくえ「やだよ、学校は無理。嫌いだから」

美鳥「学校が嫌いな先生がいたら、ゆくえみたいな子は救われるんじゃない？」

ゆくえ「（なるほど）……でも私には無理。他の、学校が嫌いで先生になる人に任せる」

美鳥「そうねー」
ゆくえ「……なんで先生になろうと思ったの？」
美鳥「高校生のとき、親戚の子に、みどちゃんは教え方が上手だねーって言われて」
ゆくえ「ふぅん……え、それだけ？」
美鳥「（笑って）生まれて初めて、誰かに必要とされてるって思えたの。それに、人から教わったものが、また他の人に繋がっていくのっておもしろいなぁって」
ゆくえ「（美鳥を見て）へぇ……」

［回想］ゆくえが通う塾・教室（日替わり・夕）

授業が終わり、生徒たちが帰って行く。
美鳥、ゆっくりと片付けをしているゆくえに、
美鳥「（廊下を指さして）赤田帰っちゃったよ。いいの？」
と、声をかける。
ゆくえ、悩んでいる様子でポツリと、
ゆくえ「……赤田と友達っておかしいのかな」
美鳥、黙ってゆくえの隣の席に座る。
ゆくえ「昨日塾の帰り、赤田とコンビニ寄ったら、同じクラスの女の子いて……」
美鳥「言われたんだ。彼氏？　みたいな」
ゆくえ「（頷く）友達って言ったら、じゃあ好きなの？　って。好きだけどさ、好きだけど、たぶんその子が言ってる好きって違うやつでしょ」
美鳥「違うやつだろうね」
ゆくえ「違う好きで一緒にいちゃダメなの？」
美鳥「ダメって思う人は、いるよ」
ゆくえ、想定外の答えでショックを受け、
ゆくえ「……そんなこと言わないでよ……」
美鳥「ゆくえと赤田の関係がダメってことじゃなくて、価値観の話ね。男女が二人でいたら恋愛し

かありえないって思う人もいる。それはそれ」
ゆくえ「うーん……」
美鳥「でも、だからって、二人の関係は恋愛だって決めつけるのは、暴力」
ゆくえ「(小声で)……暴力」
美鳥「(表情が落ちて)みんなもっと、他人に無関心に生きたらいいのにね。判定したくて仕方ないんだよね」
ゆくえ「……」
ゆくえM「美鳥ちゃんはいつも、周りの人から悪い関心を向けられていた」

〔回想〕ファミレス・店内(日替わり・夜)

ゆくえと美鳥、ファミレスで向き合って座り勉強している。
ゆくえM「高校生の私には何もできず、わざとわがままを言って、塾の外に連れ出すくらいだった」

ゆくえが真剣に問題を解いている間、ぼんやりと窓際の花瓶のガーベラを眺めている美鳥。
ゆくえ、美鳥の様子に気付いて、
ゆくえ「どうしたの?」
美鳥「(ガーベラを指さして)一番好きな花」
ゆくえ「へぇ、なんで?」
美鳥「好きに、理由とかないでしょ」
ゆくえ「ないの?」
美鳥「ある人もいるだろうけど……なくてもいいんだよ。無理やり理由つけて、好きとか嫌いとか決めなくていいんだよ」
ゆくえ「……そうだよね」
美鳥「解けた?」
ゆくえ「ここがわかんない」
と、また勉強に戻る二人。

ゆくえM「そう教えてくれた次の日、美鳥ちゃんは突然バイトを辞めた」

［回想］ゆくえが通う塾・教室〜廊下（日替わり・夕）

授業前の騒がしい教室。「中学のときすごい荒れてたらしいよ」「生徒とホテル行ったのバレたって」「え？　誰かの親とできてたんじゃないの？」と、適当な噂話をしている生徒たち。
ゆくえ、聞いていられず、教室を出て行く。

ゆくえM「美人で優秀だから妬まれてもしょうがない。愛想が良くて人たらしなのが悪い。本当に違うなら否定すればいいのに。優しすぎるのが良くない……そんなふうに、美鳥ちゃんの良さはすべて、嫌われる理由に変換された」
ゆくえ、携帯で美鳥に電話を掛けるが、出ない。

ゆくえ「……」

［回想］ファミレス・店内（夜）

美鳥とよく一緒に来たファミレスに一人で来たゆくえ、無心で数学の問題を解いている。

ゆくえM「逃げて正解だよ、と思えた。いつか、本当の美鳥ちゃんでいられる場所で、誰かに必要とされててほしいと願うだけだった」
ふと顔を上げると、ガーベラと目が合って、

ゆくえ「……」

ファミレス・店内

ゆくえと美鳥、テーブル席に向かい合いで座っている。

美鳥「それで、またこっちに逃げようかなって」
ゆくえ「(力強く) うん。正しい」
美鳥「(苦笑して) そんなはっきり言う？　クズでも親は親だからね。ほんとは最後まで面倒みなきゃダメなんだけど」
ゆくえ「(しっかりと首を横に振る) ダメじゃない。親だからって理由で好きでいることないよ」
美鳥「……ありがと。それに、北海道戻った途端、昔の生徒からいっぱい連絡届くようになって」
ゆくえ「私もそんなタイミングで電話して」
美鳥「そう。びっくりした。それで、逃げるっていうか、帰りたくなっちゃった」
ゆくえ「うん。おかえりなさい」

美鳥、照れ笑い。

美鳥「元の家の近くで、あれくらい広くて、って探してたら、不動産屋に前のお家、買い戻せるかもしれませんって言われて。いや無理でしょって思ったら、」
ゆくえ「椿さんで」
美鳥「ご夫婦って聞いてたのに一人だし」
ゆくえ「もういろいろびっくりだね」
美鳥「4人が出会ってたことが一番びっくりだけどね」
ゆくえ「(笑って) だよね」

美鳥、思い立って、

美鳥「そうだ。こっちいるうちに、会いたい人いて」
ゆくえ「誰？　塾の生徒さん？」
美鳥「ゆくえは会いたくないかもしれないけど、私はすごい会いたくて」
ゆくえ「うん……え、だから、誰？」
美鳥「(わざとらしく) 連絡先知らなくてさぁ……」
ゆくえ「(察しがついて) ……え？」

× × ×

ゆくえと美鳥、隣り合って座っている。

赤田、入店し店内を見渡す。

ゆくえと美鳥を見つけて駆け寄り、

赤田「美鳥先生？」

ゆくえと美鳥、赤田に気付いて、

美鳥「おー。なにお前スーツとか着ちゃってー」

赤田「いや仕事帰りだから」

美鳥、空けていた向かいの席を示して、

美鳥「はいはい、座って」

赤田、座って、ゆくえと目が合う。

ゆくえ「……（赤田に会釈）」

赤田「……（ゆくえに会釈）」

美鳥「（二人を交互に見て）はい。仲直りの握手」

ゆくえ「そういうのじゃないって」

赤田「（ゆくえに）なんか、説明っていうか……」

ゆくえ「した。全部話した」

美鳥「（笑顔で）こたくん」

赤田「（ゆくえに）余計なことまで説明すんな」

美鳥「結婚おめでと」

赤田「ありがとうございます」

美鳥「私、バツイチなんだけど、新婚生活のアドバイス、聞く？」

赤田「結構です」

と笑顔で即答。

ゆくえ「……大丈夫？　奥さん」

赤田「ん、説明してある。いいよって。別にあれだから。なんでもかんでもダメって、そういう人じゃないから」

ゆくえ「そ」

沈黙。

美鳥「……赤田ご飯は？　食べた？　はい。好きなもの食べて！」

と、赤田にメニューを渡す。

赤田「ありがと」
　　ゆくえ、ふと思い立って、
ゆくえ「美鳥ちゃんさぁ」
美鳥「うん」
ゆくえ「カラオケ好き？」
赤田「（顔を上げる）……」
美鳥「カラオケ？　もう何年も行ってない」
ゆくえ「あ〜そっか。そっかそっか」
　　赤田、メニューを閉じて、
赤田「最近のカラオケ、何が良いって、飯が美味い」
美鳥「（興味なくて）へぇ」
ゆくえ「その辺の居酒屋行くよりね」
赤田「そう。カラオケのほうが美味い」
美鳥「（興味なくて）ふぅん」
ゆくえ「赤田どう？　食べたいものあった？」
赤田「ない」
美鳥「なんかしらあるでしょ。ファミレスなんだから」
赤田「食べたいもんないわ……」
ゆくえ「ないよねぇ、ファミレスにはないよねぇ……」
美鳥「（察して二人の顔を見て）……」
ゆくえ「はい。じゃあ話変えます。美鳥ちゃん、どっか行きたいとこある？」
美鳥「（笑ってしまって）行きたいとこ……カラオケ？」
　　ゆくえと赤田、すぐに立ち上がって、
赤田「しょうがないなぁ〜」
ゆくえ「そんなに言うなら行くか〜」
美鳥「（笑って）普通に行きたいって言いなよ」
ゆくえ「付き合ってあげるかぁ〜」
　　美鳥も渋々立ち上がって、
美鳥「心配したのに、二人とも仲良いままじゃん！」

ゆくえ「そんなことないよ？」

赤田「仲悪いよ？」

ゆくえ「（赤田に）もう友達じゃないもんね！」

赤田「（ゆくえに）ね！」

3人、笑いながら歩いて行く。

美鳥「夜、約束あるから。そんな遅くまでいれないからね？」

赤田「はいはい大丈夫大丈夫」

ゆくえ「行こ行こ」

春木家・外（夜）

夜々、チャイムを鳴らし、門を開けて玄関前まで歩いて行く。

同・玄関（夜）

椿、玄関の扉を開けて夜々を招き入れる。

夜々「おじゃましまーす」

椿「どうぞー」

夜々、玄関に椿の靴しかないと気付いて、

夜々「二人まだですか？」

椿「LINE見てない？　二人来れないって」

夜々「あ……そうなんだ」

椿、ようやく「二人きりになる」と気付いて、

椿「……あー、あれだよね、なんか……誰か呼ぶ？」

夜々「誰か……？」

沈黙。

夜々「（笑顔で）帰ろっかな。昨日のドラマ観たいし」

椿「……じゃあ、また4人で」

夜々「はい、4人で。おじゃましましたー靴脱いでもないけどーおじゃましましたー」

と、笑いながら玄関を出て行く。

椿「……」

同・外（夜）

夜々、春木家から出てきて、

夜々「（小声で）あーーーーーーーー二人組むずい、二人組むずい……」

と、早足で歩いて行く。

コンビニ・店内（夜）

バイト中の紅葉、レジを終えて客を見送る。

紅葉「ありがとうございましたー」

店の前で、美鳥が店内を覗いている。

紅葉「（気付いて）……あ」

美鳥「（紅葉と目があって）……」

美鳥、紅葉に向かって小さく手を挙げる。

紅葉「（小さく会釈）……」

通り（夜）

バイトを終えた紅葉と美鳥、並んで歩いて行く。

美鳥、買い物袋から缶ビールを出し、紅葉に差し出す。

美鳥「お疲れ」

紅葉「ありがとうございます」

美鳥、缶ビールを取られないようにかわして、

美鳥「あれ？　成人してる？」

紅葉「（苦笑で）してます」

と、缶ビールを奪い取る。

美鳥「見た目変わんないからまだ高校生かと思った」

紅葉「……そっちは、なんかすごい変わりました

ね。冗談とか言わない人だったのに」

美鳥、ビールを開けながら、

美鳥「あの頃が変わってたんだよ」

紅葉「……」

美鳥「佐藤くんが知ってる頃が、変わってたとき

なんだよ」

紅葉「……」

紅葉M「たしかに変わってる人だった」

[回想] 紅葉が通っていた高校・教室

9年前。新潟。高校三年生の紅葉(18)がいる教室。

数学の授業中。テストが返却されている。

非常勤講師をしている美鳥(27)、テストの返却を終え、不愛想に淡々と、

美鳥「今回は40点以下が補習の対象になります」

紅葉、37点の答案用紙を見て、

紅葉「(まじか)……」

ざわざわと私語が大きくなっていく生徒たち。

美鳥、淡々と解説を続ける。チョークが折れて、眉間に皺をよせ、溜め息をつく。

紅葉「……」

紅葉M「俺の知っている頃の先生は、いつもイライラしていて、不機嫌で。みんなから嫌われていた」

[回想] 同・補習教室(日替わり・夕)

紅葉を含め、補習中の生徒が数人。

教卓に美鳥。

紅葉以外の生徒が全員問題を解き終わり、美鳥に提出して帰って行く。

紅葉、問題を解く手が止まっている。

美鳥「限界?」

紅葉「……限界です」
　美鳥、「貸して」と手を伸ばす。
紅葉「……もうちょっと考えます」
美鳥「考えて限界なんでしょ？」
紅葉「……カラオケ行きたくなくて」
美鳥「は？　カラオケ？」
紅葉「今、友達みんなカラオケ行ってて。合流したくなくて」
美鳥「（イラッとして）なにそれ」
紅葉「学校いれば行けなかったって理由になるから」
美鳥「（舌打ち）」
紅葉「（怖気づいて小声で）……ごめんなさい」
　美鳥、もう一度「貸して」と手を伸ばす。
　紅葉、根負けしてプリントを手渡す。
　お互いに机と教卓から軽く身を乗り出して手を伸ばす。ちょうどプリントが届く距離。
　美鳥、プリントの採点をしながら、
美鳥「友達いないでしょ」
紅葉「え」
美鳥「佐藤くん、友達いないでしょ」
紅葉「……いますよ。今、カラオケにいます」
美鳥「今カラオケにいるのはただのクラスメイトでしょ」
　紅葉、図星だが意地になって、
紅葉「……友達です。昨日のドラマの話とかするし、好きな子の話とかするし」
美鳥「あっそ」
紅葉「……」
美鳥「好きでもない流行ってる歌歌って、話合わせるために興味ないドラマ観て、ちょうどいい女の子を好きってことにしてるんだ。友達と友達するために」

紅葉「（否定できず）……」
美鳥「他人の噂話で盛り上がって、何が本当で何が嘘かには興味なくて、その場しのぎの会話ばっかり」
紅葉「……」
美鳥「好きじゃない人と好きじゃない話して、楽しくないのにヘラヘラ笑って、虚しくないの？」
紅葉「……」
美鳥「はい。全然できてない。間違いばっかかり」
　と、採点を終えたプリントを返す。
　紅葉、荷物をまとめて立ち上がる。
　教室の扉の前までいって、振り返る。
紅葉「……」
美鳥「なに？　いいよ帰って」
紅葉「また来ます」
　美鳥、驚いて一瞬思考が停止して、
美鳥「……え、なんで？」
紅葉「ありがとうございました」
　と、教室を出て行く。
美鳥「……は？」

［回想］同・廊下〜階段（夕）
　廊下を小走りに駆けて行く紅葉。
紅葉M「みんながそうしてることは、それが正解だと思ってたけど、違っていいらしい。この間違いがわかっただけで、どうしようもなく救われた」

［回想］同・昇降口（日替わり）
　休み時間、いつものグループに交ざって、
　笑顔で適当に話を合わせている紅葉。
紅葉M「自分自身は何も変えられなかったけど、嫌いな自分を否定してもらうことで、自分の気持ちを肯定してもらえた」

美鳥、向かいから歩いて来て紅葉たちとすれ違う。

紅葉、美鳥を少し目で追うが、すぐに友人たちとの会話に戻る。

〔回想〕同・補習教室（日替わり・夕）

補習中の紅葉と美鳥。合間で無駄話もしている。

紅葉「だから、美大も考えたんですけど、自分には無理だよなって思って」
美鳥「ふぅん」
紅葉「……やってみなきゃわかんないよ！　とか言ってくれないんですか？」
美鳥「わかるでしょ。無理って思うなら無理だよ。他人の言葉で受験の合否が決まるわけないでしょ」
紅葉「……ごめんなさい」

紅葉M「どうしていつもこんなに不機嫌なのか気になったけど、でも、むしろこの距離感がちょうどよく、心地よかった」

紅葉、問題が解き終わり、プリントを教卓にいる美鳥に差し出す。

美鳥、教卓から少し身を乗り出してプリントを受け取り、採点を始める。

廊下から篠宮と黒崎の楽しそうな声。

紅葉「（廊下を見て）……」

篠宮と黒崎、二人で話しながら教室前の廊下を通り過ぎる。

篠宮、ドアの前で教室内の紅葉に気付き、小さく手を挙げる。

紅葉に気付かず歩いて行く黒崎。

紅葉、同じように小さく手を挙げて応える。

黒崎の声「篠宮くん？」

篠宮「うん」

　と、黒崎の元へ。

紅葉「……」

　教室後ろの扉から篠宮と黒崎の後ろ姿が見える。

紅葉「（二人を見て）……」

　美鳥、紅葉の様子を見て、

美鳥「友達？」

紅葉「……一年のとき一緒にいたやつと、二年のとき一緒にいたやつです」

美鳥「それは友達じゃないの？」

紅葉「一人になりたくなくて、一緒にいただけです。あの二人も一人だったから、ちょうどよかっただけ」

　美鳥、思うところがあって、

美鳥「中学のとき、学校のやつみんな死ねって思って、いつも一人でいたんだけどね」

紅葉「（引いて）俺そこまで言ってません……」

美鳥「教室じゃ静かなくせに、二人になるとすごいしゃべる変なやつがいて。やりたくもないゲームのルール勝手に教え込まれて、相手させられて。しかもそいつんちで」

紅葉「やばいやつですね」

美鳥「私が一人でいたから、ちょうどよかったのかな」

紅葉「……」

美鳥「一緒にいたの、嬉しかったけど、ちょうどよかったってだけなのかな」

　紅葉、弁明しようとするがすぐに言葉が出ず、

紅葉「……」

　美鳥、採点を終えてプリントを裏返すと、紅葉のイラストがあり、紅葉の言葉を遮って、

美鳥「なにこれ」
紅葉「あ、すみません、落書き……」
美鳥「(紅葉を睨む)……」
紅葉「ごめんなさい……」
　美鳥、紅葉のイラストに背景を描き足していく。
　紅葉、それを覗き込んで、
紅葉「えっ、うま……」
美鳥「はい」
　と、プリントを紅葉に返す。
紅葉「(絵を見つめて)ありがとうございます……」
美鳥「……裏見なよ。またいっぱい間違ってるから」
紅葉「(嬉しそうに)ありがとうございます」
美鳥「……うん」
　紅葉、荷物を持ち、教室を出るとき、
紅葉「おじゃましました」
美鳥「うん、またおいで」
紅葉「(振り返って)……」
美鳥「(気付いて)違うよ、失礼しましたでしょ。学校だから」
紅葉「(笑って)おじゃましました」
美鳥「……」

×　×　×

　別日、補習という名目で、勉強をしつつ教室でおしゃべりしている紅葉と美鳥。
紅葉M「不覚にも数学の成績が上がってしまって、わからない問題を必死に探すようにまでなっていた」
　美鳥、紅葉の持って来たテキストの採点をして、
美鳥「うん、あってる」
紅葉「いや……間違ってます」
美鳥「あってるんだってば。なんで疑うの」

紅葉「……」

美鳥、時計を見て、

美鳥「あっ、ごめん、残り明日でいい？　6時までに行かないと……」

と、急いで荷物をまとめる。

紅葉「行くって？」

美鳥「家。買い物して6時には着かないと」

紅葉「……先生、結婚してますよね？」

美鳥「うん、じゃあ」

と、教室を出て行く。

紅葉M「なんで、帰るって言わないんですか？って聞こうと思ったけど、帰りたくないってことか、と思って、やめた」

紅葉「……」

［回想］同・教室（日替わり）

誰もいない教室。

黒板に「卒業おめでとう」の文字。

［回想］同・中庭

卒業式後。写真を撮ったり話したり、思い思いに楽しそうに過ごしている生徒たち。

紅葉、いつものグループの中で、テンションを合わせて楽しそうに振る舞う。

美鳥、校舎脇で一人、不機嫌そうに立っている。

生徒たちと親しく話す教員もいる中、美鳥には誰も寄ってこない。

紅葉と美鳥、ふと目が合う。

紅葉「……」

美鳥「……」

美鳥、目をそらし、片手で小さくシッシと払う。

紅葉、再びグループの輪の中へ。

紅葉M「不機嫌なわけじゃなくて、感情を殺してただけかもしれない。俺が友達の前で笑うしかないみたいに、怒るしかなかったのかもしれない」

美鳥、一人学校を出ていく。

紅葉M「自分の知らないところでいいから、いつか先生に、帰りたい場所ができることを願うしかなかった」

紅葉、横目に美鳥の姿を見送る。

通り〜駅前（夜）

紅葉と美鳥、缶ビール片手に話しながら歩いている。

紅葉「で、二階の部屋のひとつに寝袋とか置いて」

美鳥「え、住んでんの?」

紅葉「住んでないです。週3くらいで泊まってるだけです」

美鳥「(笑って) ほぼ住んでるじゃん」

紅葉「いや……」

駅前まで来て、

美鳥「じゃあ。みんなによろしくね」

紅葉「……塾始めたら、遊び行っていいですか?」

美鳥「(不機嫌に) やだよ」

紅葉「(えっ) ……」

美鳥「(笑って) 週3で泊まられるのは、普通にいや」

紅葉「(笑って) それは」

美鳥「またね」

と、駅へ向かい歩いて行く。

紅葉「(美鳥を見送り) ……あっ」

と、思い出して鞄の中を見る。

渡そうと思っていた、表紙を描いた小説。

呼び止めるか一瞬迷うが、声をかけずに踵を返す。

コンビニ・外（夜）

夜々、店の外に出て買ったばかりの肉まんを食べ始める。
スマホに着信。【佐藤紅葉】と。

夜々「もひもひ」
紅葉の声「なんか食べてる？」
夜々「（飲み込んで）あなたの職場の肉まんを」
紅葉の声「あ、来たの？　ごめん、今ＬＩＮＥ見て」
夜々「ごめんなさい、忙しかったですか？」
紅葉の声「ううん、今、別れたとこで。先生」
夜々「先生……（美鳥とわかって）あ、先生。はいはい」
紅葉の声「うん。だから、今からなら飲み行けるけど」
夜々「（考えて）……いい。肉まん食べてるし。そっちもあれだと思うし。余韻っていうか」
紅葉の声「なに余韻って」
夜々「うん。いい。また椿さんちで」
紅葉の声「うん、じゃあ」
夜々「じゃ」

電話を切り、残りの肉まんを食べる。

夜々「……」

［回想］コンビニ・外（夜）

６年前。２０１７年。
美容専門学校に通う夜々（20）、コンビニの外で肉まん片手に電話をしている。
足元にはキャリーバッグ。

夜々「え？　ちょっと待って。来るなって言われても、アパート引き払っちゃったんだよ!?」

相手に電話を切られる。

夜々「たっくん？　えっ、たっくん!?　嘘……」

と、その場にうずくまる。

コンビニから出てきた美鳥（30）、うずくまっている夜々を見て駆け寄り、

美鳥「大丈夫ですか？　具合悪いですか？」

夜々「（顔を上げて）あ、大丈夫です……すみません……」

美鳥、夜々の顔を見て、

美鳥「……夜々？」

夜々「（美鳥を凝視して）……みどちゃん？」

美鳥「（笑顔で）やっぱり。久しぶり」

夜々「みどちゃん……」

と、泣きそうに。

美鳥「ん？」

夜々「帰る場所ない……」

美鳥「……」

〔回想〕美鳥のアパート・中（夜）

美鳥が一人暮らししている狭い安アパート。

料理を作る美鳥。それを眺める夜々。

美鳥、夜々から一通り事情を聞いて、

美鳥「一緒」

夜々「一緒？」

美鳥「男見る目ないの、一緒。去年離婚したの」

夜々「えっ結婚してたの？」

美鳥「あ、それも知らないか」

夜々「そうなんだ……大変だったね」

美鳥「大変だった。人ってこんなに感情失うんだってびっくりした」

夜々「（心配そうに美鳥を見る）……」

美鳥「（視線を感じて）あ、今はもう大丈夫。取り戻した。仕事も普通にできてるし」

夜々「高校の先生だよね？」

美鳥「今は塾の先生」
夜々「そのほうがいいよ。学校嫌い」
美鳥「私も嫌いだったよ。だから最初は学校の先生になったの」
夜々「ん、どういうこと？」
美鳥「学校が嫌いって気持ちがわかる先生がいたら、救われる子がいると思ったから」
夜々「（しみじみと）ほんと優しいね……」
美鳥「大学のときバイトしてた塾の生徒が、そういう先生いてほしいって。（笑って）自分は無理だから塾講師目指すって言ってたけど」
夜々「なにそいつ、すごい他人任せじゃん……（料理を覗き見て）おいしそー」
美鳥「中学の友達から将棋教わったんだけどね。その友達のお母さんが、料理教えてくれたの」
夜々「へぇ。私、その友達から恩恵もらいすぎだね」
美鳥「もらいすぎだねー」
夜々M「みどちゃんは相変わらずだった。いろいろあったみたいだけど、あの頃と同じ、ぽわぽわとあたたかくて、優しいみどちゃんのままだった」

×　×　×

布団を敷きながら話す夜々と美鳥。

夜々「美容師目指してるんだー」
美鳥「お母さんがなれって言ったの？」
夜々「違う違う。それはほんとに自分の意思」
美鳥「（ホッとして）ならよかった。自分の夢なら」
夜々「みどちゃんは？　子供の頃の夢も先生？」
美鳥「（思い出して）……家がほしかった」
夜々「家？」
美鳥「うん。理想のお家みたいのがあって。そういう家で、自分の塾やるのが今でも一番の夢」

夜々「へぇ、やりなよ」
美鳥「いやいや、いくらかかると思ってんの。そんな簡単に始めらんないって」
夜々「なんていうの、慰謝料？　いっぱいもらえたんでしょ？」
美鳥「まぁ、うん」
夜々「じゃあ無理ではない？」
美鳥「すぐは無理だけど……いつかは、無理じゃないか……」
夜々「いつかって意外とちゃんとくるよ。いつかまたみどちゃんと会えたらなって思ってたし」
美鳥「(微笑んで) じゃあ、いつかはできるか。なんかできる気がしてきた」

　二人、布団でゴロゴロしながら眠らずにしゃべり続ける。

夜々M「このままここに住んじゃおうかな、なんて呑気にしていたら、居候していることがママにバレた」

[回想] 同・玄関

　一ヶ月後。
　荷物をまとめ、家を出る支度を済ませた夜々。

夜々「(寂しそうに) ……おじゃましました」
美鳥「(微笑んで) 邪魔じゃなかったよ」
夜々「……」

　夜々、小さく手を振り、部屋を出て行く。
　美鳥、部屋に戻り一息つくと、パソコンで【学習塾　開講】と検索する。

[回想] 学習塾『おのでら塾』・事務室

　2021年。
　ゆくえ(32)、事務室に入る。
　学、見ていた新しい塾のチラシをゆくえ

に差し出して、

学「ゆくえちゃん、見とく？　新しい塾。桜新町だって」

ゆくえ「はーい」

と、チラシを受け取り、目を通す。

【塾長・志木美鳥】と書かれていて、

ゆくえ「えっ……」

〔回想〕同・教室

ゆくえ、空き教室に一人。
緊張した様子でチラシの塾に電話をかける。

ゆくえ「もしもし。私、おのでら塾の講師の潮ゆくえと申します。塾長の……（相手の声を聞いて）え!?　やっぱり美鳥ちゃん!?」

と、興奮気味に嬉しそうに話す。

ゆくえM「美鳥ちゃんは相変わらずだった。明るくて、よく笑って。塾の先生をしている憧れの人だった」

〔回想〕紅葉のアパート・外（日替わり）

翌年の年明け。
紅葉（25）、バイトから帰宅。
ポストから郵便物を取り、部屋へ。

〔回想〕同・中

紅葉、玄関を上がり、郵便物に目を通していくと、美鳥からの年賀状を見つける。

紅葉「……」

シンプルなデザインに【あけましておめでとうございます】とだけ。

紅葉M「先生は相変わらずだった。卒業してから毎年、年賀状のやりとりをするだけだった」

紅葉、引き出しから去年の美鳥からの年

賀状を出す。これにも【あけましておめでとうございます】とだけ。
紅葉M「イラストのこんな仕事をしました、と報告しても、あけましておめでとうございます、とだけ返事がくる。文字までなんだか不機嫌に見えた」
紅葉「……あ」
去年まで新潟だった住所が、今年の年賀状だけ東京になっていることに気付く。
紅葉「東京いるんだ……」

〔回想〕美鳥の家（現・春木家）・外
２０２２年10月。
美鳥、電話をしながら家を出てくる。
眉間に皺をよせ、不機嫌にしゃべる。
美鳥「うん、東京の家出るとこ……わかってるよ。じゃあね」
と、電話を切る。
溜め息をついて、家を見上げる。
美鳥「（小声で）おじゃましました」

〔回想〕空き物件（現・春木家）・外
２０２３年4月。
内見にやってきた椿と純恋。
純恋「おー、思ったより大きいね」
椿、家の外観にどこか見覚えがあって立ち止まる。
椿「（家を見上げて）……」
純恋「（振り返って）どうした？」
椿「ううん……いいね。ここにしよっか」
純恋「（笑って）中見てから決めようよ」
椿「（つられて笑って）そうだね」
二人、案内されて家の中へ。
椿「おじゃましまーす」

［回想］志木家・リビング（夕）

椿の家に４人が初めて集まった日。
北海道にある美鳥の実家。
美鳥、介護パンツなどを持って買い物から帰宅。
スマホに【潮ゆくえ】から着信。電話に出て、

美鳥「もしもし」
ゆくえの声「あ、美鳥ちゃん？　久しぶりー。ねぇ、お家、桜新町だよね？　今たぶん近くで、」
美鳥「ごめん。もうそっちいないの」
ゆくえの声「え？　北海道戻ったの？　そうなんだ、そっか……」
美鳥「引っ越す前に連絡すればよかったね、ごめん……また帰ることあったら、会えたらいいね」
と、寂しそうに笑う。

春木家・リビング（日替わり）

美鳥、メジャーでカーテンの長さを測る。
それを手伝う椿。

美鳥「明日、北海道戻る」
椿「うん」
美鳥「三人とも、二人で会えたし」
椿「うん……この前、４人でゲームセンター行って」
美鳥「ゲームセンター？　意外」
椿「すごい楽しかった。帰りにバスで、バスの一番後ろの繋がってる席、みんなで座れる席で、４人で並んで座って、帰って。ここに」
美鳥「楽しそう」
椿「うん。楽しかった。だから、大丈夫」
美鳥「……」
椿「塾、いつから？」
美鳥「まだ決めてない。今住んでる人がいつ出る

か決まってないんだもん。決めらんないよ」
椿「だよね。いつまでに出てほしい？」
美鳥「一応ね、他に物件探してんの。ここ高くない？　こんな広くなくてもいいかなぁって」
椿「うん、わかる。ここ高い。こんな広くなくていい。だから出ようと思って。今、他に物件探してる」
美鳥「……」
椿「同じ場所のほうが、前にいた生徒さんも通いやすいもんね」
美鳥「……」
椿「ここが、あれでしょ。初めて帰りたいって思った家でしょ」
美鳥「……うん。帰りたい」
椿「変な日本語。今いるのに」
美鳥「(笑って) ここに帰ってきたい」
椿「うん。出れる日、決まったら教えるね」
美鳥「うん。ありがと」

と、椿からメジャーを受け取って、荷物をまとめる。

椿「これから、みんな来るけど、どうする？」
美鳥「もう行く。カーテンの長さ知りたかっただけ」

椿、スマホを見ながら、

椿「夜々ちゃんがご飯作ってほしいって」
美鳥「作ってあげたよ、この前」
椿「みんなで食べたいんだって」
美鳥「……」
椿「(キッチンを指さして) 見て。大して使わないから、すっごい綺麗」
美鳥「私は毎日使ってましたけど」
椿「それはいいね。使い勝手わかってて、いいね」
美鳥「……」

美鳥、黙ってスマホを見始める。
椿、不安になって、
椿「……ごめん。志木さんが嫌なら、全然、無理には、」
美鳥「(スマホを見たまま) あっ、スーパーできたんだ」
椿「……うん。歩いて5分とかのとこ」
美鳥「へぇ、良いとこにできたね。便利ー」
椿「うん。便利」
美鳥「みんな何時に来るの?」
椿「夕方とか夜とか。暇になった人からパラパラと」
美鳥「いつもそんな感じ? 集まる約束するとき」
椿「約束とかしないんだよね。誰かが、行っていい? いいよ。行っていい? いいよ。って」
美鳥「気付いたら集まってんだ」
椿「そう」
美鳥「良いね」
椿「うん、良い」
美鳥、上着を着る。
椿「……」
美鳥「(振り向いて) なに食べたい?」

スーパーマーケット・店内(夕)

買い物中の美鳥。

精肉のコーナーで商品を選んでいると、近くを通った女性客が魚の切り身を置いて去っていく。

美鳥「……」

その魚を手に取って、カゴの中へ。

春木家・玄関~リビング(夕)

美鳥、買い物袋を持って玄関に入る。

靴が増えていて、「みんないるんだな」と察する。

玄関を上がり、リビングに入る扉の前へ。

4人が楽しそうに話す声が聞こえてくる。

美鳥「(なんだか緊張して)……」

ゆっくりと扉を開けてリビングに入る。

美鳥「……」

ゆくえ、椿、夜々、紅葉の4人、ダイニングテーブルのいつもの席で談笑している。

椿、最初に美鳥に気付いて、

椿「あっ、おかえり。ちょうどみんな来たとこ」

美鳥「……」

ゆくえ「おかえり」

夜々「みどちゃんおかえりー」

紅葉「(小声で)おかえりなさい」

美鳥「……ただいま」

4人の雰囲気に少し緊張がほぐれて、笑顔に。

× × ×

キッチンで料理をする美鳥。

4人、洗い物をしたり、食器を出したりと簡単な手伝いをしながら話をしている。

美鳥、キッチンペーパーが切れて、椿に、

美鳥「ごめん、誰か、」

夜々「(気付いて)あっ新しいの？　持ってくるよ」

と、二階へ。

美鳥「(え？)……」

ゆくえ「二階の空いてる部屋、そういうストック置き場になってるの」

美鳥、みんな把握していることに驚きつつ、

美鳥「……そうなんだ」

と、料理を続ける。
紅葉、冷蔵庫の中を見て、
紅葉「椿さん、牛乳明日で終わるかも」
椿「次誰だっけ?」
紅葉「ゆくえちゃん」
ゆくえ「えっ、もう私? 順番回るの早くない?」
紅葉「これ買ったの俺だもん」
椿「買ってきてねー」
ゆくえ「(渋々)はーい」
夜々、二階からキッチンペーパーを持って下りてきて、
夜々「トイレットペーパー、もうストックなかったですよー」
椿「じゃあゆくえさん牛乳のついでに」
ゆくえ「(渋々)はーい」
美鳥、想像以上に親しい4人を見て、どこか疎外感があって、
美鳥「……」

× × ×

出来上がった料理を運ぶ4人。
美鳥、ソファ前のローテーブルに運んでいるのを見て、ダイニングテーブルを指さし、
美鳥「4人でそっちで食べていいよ」
ゆくえ「いいの、いいの。そっちだと席足りないから」
夜々「こっちでちっちゃくなって食べよー」
美鳥「(笑って)そう」
ローテーブルを囲んで座り、美鳥が作った食事を食べながら話す5人。
夜々「(三人に)懐かしくないですか?」
椿「懐かしいっていうか……家の味」
ゆくえ「家の味?」

美鳥「たぶん春木の家と同じ味なんだと思う。お母さんに教えてもらったから」
紅葉「椿さんのお母さん？」
美鳥「そう。中学のとき。春木に将棋教えてもらって、お母さんに料理教えてもらって」
ゆくえ「え？　将棋？」
椿「僕が志木さんに教えたの。将棋」
夜々「え？　（美鳥を見て）……え？」
美鳥「うん。そう」
紅葉「なのに今は夜々ちゃんが一番強いの？」
ゆくえ「わかんないよ。美鳥ちゃんのほうが強いかも」
夜々「（美鳥に）後でやろ！」
美鳥「うん」
紅葉「椿さん、発端のくせに一番弱いんだ」
椿「わかんないよ？　わかんないでしょ。志木さんのほうが弱いかもしれないでしょ」

夜々「それはないです。椿さんめちゃくちゃ弱いです」
ゆくえ「うん、弱そう」
椿「ルールもわかんない人黙ってて？」
ゆくえ「わかるよ？　王様取ればいいんでしょ？」
紅葉「絶対わかってないでしょ」
ゆくえM「それから、美鳥ちゃんと４人それぞれの、４つの二人組が何者なのかを話した。意外なことばかりなのに、なぜかどれも間違いなく美鳥ちゃんだと、納得もしてしまった」

美鳥、ニコニコと笑って相槌を打つだけ。

ゆくえ、美鳥の様子が気になる。

ゆくえ「……」
ゆくえM「ただ、５人でいるときの美鳥ちゃんも、二人で会うときの美鳥ちゃんとは、また違っていた」

美鳥、空いた皿を持って立ち上がり、

美鳥「残り持ってくるね」
　と、キッチンへ。
　ダイニングテーブルの4人の定位置に、
それぞれのマグカップが置いたまま。
美鳥「(カップを見て)……」
ゆくえ「(美鳥を見て)……」

×　　×　　×

　5人で食事の片づけをしている。
　美鳥、キッチンでゴミを捨てようとする
と、ゴミ箱が一杯。
　ゴミ袋を替えようと思い、
美鳥「ごめん、ゴミ袋って、」
ゆくえ「一番左の引き出し」
夜々「(指をさして)そこ」
紅葉「(引き出しを開けて)ここです」
　と、3人同時に反応する。
美鳥「(驚いて)……ありがと」
　と、紅葉からゴミ袋を一枚受け取る。
椿「残りまだある?」
紅葉「あります」
夜々「(ふざけて)ゆくえさん牛乳のついで
に……」
ゆくえ「(真顔で)なんで?　残りあるんでし
ょ?」
　3人、笑っていて。
美鳥「いいね。みんな、ゴミ袋の場所までわかる
の」
椿「(笑ったまま)え?　なんで?」
　美鳥、いっぱいになった袋をゴミ箱から
はずす。
美鳥「ゴミ袋どこにあるかわかるって、暮らして
るってことだよ。帰る場所ってことでしょ」
4人「(美鳥を見て)……」
　美鳥、新しいゴミ袋をゴミ箱にセットす

る。

美鳥「よかった。みんなに帰る家あって」

椿、ゴミ袋を仕舞っている引き出しを開けて、

椿「ここね、ここ」

美鳥「(笑って) うん。わかった。覚えとく」

全員、ホッとして笑い、また雑談しながら片付けを再開する。

シンクの横に洗ったばかりの5人分の食器。

4人分のお揃いのカップと、美鳥が使った別のデザインのカップがひとつ。

空港・ロビー（日替わり）

美鳥、北海道に戻るためロビーにやってくる。

辺りを見渡すと、ゆくえを見つけて、小さく手を振る。

ゆくえ、美鳥に気付いて駆け寄る。

二人、並んで歩き出す。

ゆくえ「私ひとりでごめんね。みんな今日仕事で」

美鳥「ううん、全然いいよ。見送りとか恥ずかしいし」

ゆくえ「空港で人を見送るの憧れだったの。生まれて初めて」

美鳥「(笑って) あっそ。よかったよ、憧れ叶えられて」

ゆくえ「昨日、みんながありがとうって。ご飯美味しかったって」

二人、待合スペースの椅子に腰かける。

美鳥、思うところがあって、一息つき、

美鳥「……私ね、二人って好きなんだよね」

ゆくえ「えっ、ほんとに?」

美鳥「ほんと。二人組、安心する。自分のためだけに相手がいるって感じが、安心する」
ゆくえ「へぇ……たぶん話してなかったけど、私たち4人ね、初めて集まったとき、最初に話したのが、二人組つくるの苦手って話」
美鳥「(思わず笑って)ごめん、笑っちゃった。想像できすぎる」
ゆくえ「(苦笑して)でしょ。それだけ共通点で」
美鳥「だから4人で仲良くなったんだね」
ゆくえ「(照れ隠しに笑って)んー、どうだろ」
美鳥「私はね、4人のこともみんな好きだけど、それぞれと二人でいる時間が好きだったし、二人ずつで会ってみて、今も好きだなって思った」
ゆくえ「(引っかかって)……うん」
美鳥「5人は、違うのかも」
ゆくえ「……」
美鳥「5人はね、楽しかったよ。楽しかったし、嬉しかった。みんなで会えてよかった」
ゆくえ「うん……みんなも楽しかったと思うよ」
美鳥「でも、5人じゃなかった。4人と、自分ひとり」

ゆくえ、理解はできるが、寂しくて、

ゆくえ「……」
美鳥「子供の頃、転校ばっかしてたから、交換ノートをね、途中から参加したことがあって」
ゆくえ「へぇ……」
美鳥「自分が入る前のページ読み返しても、やっぱり自分がいたことにはならないんだよね。一学期に盛り上がってたあの男の子の話題、しなくなってるな。誰か失恋したのかな、とか。夏休み明けにみんな言ってるこの牛乳事件ってなんのことだろ、とか……考えすぎて、気遣って、当たり障りないことばっか書いてた」
ゆくえ「そうなんだ……」

美鳥「私はみんなと二人ずつで出会ったから。それはそのまま変わらなくていいの。仲間に入れなくていいし……むしろ、よかった」
ゆくえ「よかった？」
美鳥「この4人が出会えたって思うと、今まであったこと全部、意味があったって思える。よかったって思える。（笑って）それくらい4人が仲良いんだもん」

ゆくえ、笑う美鳥を見て気持ちが楽になり、

ゆくえ「椿さんちがまた美鳥ちゃんの塾になったら、時々一人で遊びに行っていい？」
美鳥「うん。来て。待ってる」

美鳥、時計を見て、立ち上がる。

美鳥「そろそろ行こうかな。ゆくえここでいいよ。（笑って）あ、ここだと憧れのやつにならない？」

ゆくえも立ち上がって、

ゆくえ「（笑って）ううん。ここで」
美鳥「じゃあ、バイバイ」
ゆくえ「いってらっしゃい。帰って来てね」
美鳥「うん、いってきます」

二人、笑顔で手を振り、それぞれ歩き出す。

了

10

空港・ロビー

美鳥、飲み物を買おうと、自動販売機の前へ。
小さな女の子が美鳥の後ろにやってきて、勝手に荷物に触れたりしている。
美鳥、女の子に気付いていない。
近くを通りかかった中年男性、うろうろしている女の子と美鳥の様子を見て、

男性「(怪訝そうに)子供、ちゃんと見てなさいよ」

と、唐突に美鳥に声をかける。
美鳥、振り向いて、自分が言われてると気付き、

美鳥「え?」

男性「子供」

と、美鳥の後ろの女の子を見る。
美鳥が振り向くと、女の子の母親が駆けてきて、

母親「いたいた。もー、どっか行かないでよー」

と、女の子を抱きかかえて去っていく。
美鳥、勘違いされたと理解して男性の顔を見る。
男性、気まずそうに目を逸らし、美鳥から離れていく。

美鳥「(小さく溜め息)……」

美鳥M「勘違いされる人生だった」

美容院『スネイル』・店内

受付のソファで母親を待っている女の子が間違い探しの絵本を見ている。
勤務中の夜々、女の子の前を通りかかると、

女の子「ねぇねぇ」

夜々「(振り向いて)ん?」

女の子「違う」

と、夜々に絵本を見せる。

美鳥M「間違い探しをしようにも、見比べる二つの絵の片方を、別物とすり替えられてしまっていた」

間違い探しの絵本の一ページが破れて抜けている。

全く違うイラストを見比べるような状態に。

夜々「(苦笑して) これは、全部違うねぇ」

美鳥M「あまりにも全部が間違っていて、指摘のしようがなかった」

空港・外

ゆくえ、4人のグループLINEに【今美鳥ちゃん見送りました】とメッセージを送る。

同・ロビー

美鳥、搭乗ゲートへ向かい、歩いている。

スマホに通知があり立ち止まる。

3件LINEが来ていて、ひとつずつ開く。

夜々から【将棋指そうと思ってたのに忘れた! 今度相手してね!】。

紅葉から【次のときビール代返します】。

椿から【2階のカーテンもいらない?】。

美鳥、思わずフッと笑う。

美鳥M「そんな人生だったけど、時々ポツンと、他のみんなとは違う人がいて」

美容院『スネイル』・店内

美鳥M「間違い探しの答えみたいに、一度見つけると、気になって仕方なかった」

夜々、女性客(女の子の母親)の会計を

終える。

夜々「ありがとうございました」

女性客、女の子の元へ行き、

女性客「お待たせー。帰るよー……え？」

間違い探しの答えに油性ペンで丸が書かれている。

女の子、４つ目を見つけ、絵に丸を付けている。

夜々「（それを見て）あちゃー……」

女性客「（女の子に）ちょっと何やってんの！（夜々に）ごめんなさい……」

夜々「（微笑んで）大丈夫です、大丈夫です。これ、ページ破れちゃってるやつなんで」

女性客「すみません……」

美鳥Ｍ「その４人が正解なのか、間違いなのかはわからないけど」

夜々、客を見送り、店内に戻る。

棚の下の隙間に紙きれが挟まっている。

引っ張り出すと間違い探しの破れたページで。

夜々「……あ」

シワを伸ばして破れたページをセロハンテープで貼り付ける。

美鳥Ｍ「わたしにとっては、間違いなく救いだった」

杏里、夜々の近くを通りかかって、

杏里「えー、そんなボロボロなの捨てていいよー」

夜々、女の子が丸を書いたページを見せて、

夜々「見てください」

杏里「うわ、図書館のウォーリーみたいになってんじゃん。捨ててー」

夜々「（笑って）図書館のウォーリー？」

杏里「誰かがウォーリーに丸付けてんの。自己顕示欲がすごいんだよ、俺が見つけたぞって」
夜々「(笑って) みんな丸付けたくなるんですねー」

　と、テープでの補強を続ける。

杏里「いや、だから捨てていいって」

　夜々、笑って誤魔化す。

○タイトル

フラワーショップはるき・店内（夕）

　仕事帰りの椿、花を選んでいる。

楓「誰かにあげるの？」
椿「ううん。家に置いとくやつ。あ、お金ちゃんと払うから」
楓「(笑って) いいよ」

　楓、椿の手元を見て、

楓「……絶望的にセンスないね」
椿「そんなにはっきり言う？」
楓「これあれでしょ。良いと思ったのかき集めただけでしょ」
椿「そんなこと……(花を見て) そうかもしれない」
楓「これだから素人は」

　と、椿が集めた花を手直ししていく。

椿「うん、プロに任せる。よろしく」
楓「大事なのは組み合わせだから。好きな花だけ集めたからって良い花束にはなんないんだよ。(諭すように) 人間関係とおんなじだよ」
椿「(いろいろと思い返して) ……だよね」

春木家・リビング（夜）

　ダイニングテーブルの上に花。
　夕食を食べ終え、談笑している4人。

ゆくえ「え、だって経験ある？　飛行機が飛び立つのを見上げて、ジーンってするやつ」
夜々「ないですよ。ないし、憧れないです」
椿「（頷く）」
ゆくえ「ホームで電車追いかけて、元気でねー！　みたいのとか、憧れない？」
紅葉「憧れない。あれ絶対どっちも恥ずかしいよ」
椿「（頷く）」
ゆくえ「まぁ、そっか。（3人を見て）……無縁だよね」
椿「納得されるのもちょっと心外だけどね」
夜々「（笑って）事実ですよ。我々には無縁です。あ、洗い物しちゃいまーす」
　と、立ち上がろうとする。
ゆくえ「あ、ちょっと待って。美鳥ちゃんから、みんなに伝言預かってるの」
紅葉「伝言……」
ゆくえ「うん。まず、夜々ちゃん」
夜々「はい」
ゆくえ「（改まって）恋愛は素敵なことだけど、恋愛以外に楽しみを見出して初めて、素敵な人間になれる」
夜々「（染みて）……はい！」
紅葉「（小声で）え、伝言ってそういうやつ？」
椿「（小声で）格言的なの？」
紅葉「（小声で）ＬＩＮＥでいいよ……ＬＩＮＥでも別に言わなくていいよ」
ゆくえ「次、紅葉」
紅葉「（ビクッとして）はい」
ゆくえ「仕事なんて、何したって、どうせつらい」
紅葉「……おぉ」
ゆくえ「どうせ何してもつらいんだから、好きなことして、つらくなりなさい」
紅葉「……はい」
ゆくえ「はい、最後、椿さん」
椿「(緊張して)……はい」
ゆくえ「原状復帰、よろしくお願いします」
椿「あ、ここの？　家の？」
ゆくえ「そう、家の」
椿「はい……あとは？」
ゆくえ「以上です。お疲れ様でした」
夜々「お疲れ様でしたー。お手洗い借りまーす」
　と、立ち上がり、トイレへ。
紅葉「ありがとうございましたー」
　と、二階へ。
椿「なんか良いやつちょうだいよ……」
　ゆくえ、夜々と紅葉がリビングを出たのを確認して、
ゆくえ「桜が咲くって」

椿「桜？」
ゆくえ「そこの公園、桜が綺麗に咲くから、春まで住んでみてほしかった、って。以上です」
椿「……あの二人が聞いたら、」
ゆくえ「じゃあ春まで、って言い出しかねないから」
椿「(頷き)桜、あんまり好きじゃなくて」
ゆくえ「へぇ、嫌いな花あるんですね」
椿「嫌いってことじゃなくて……木偏に春って字なのに」
ゆくえ「あぁ、春の木になる花って……たしかに」
椿「そう。桜ってみんな好きだから尚更。なんか申し訳ないっていうか」
ゆくえ「(笑って)申し訳ないってことは……あ、でも、春が春なのは、桜が咲くからじゃないそうですよ」

椿「ん？」

ゆくえ「桜が散って、夏の花が咲き始めるから、春は春なんですって」

椿「……」

ゆくえ「一年中春のお花が咲いてたら、春は春じゃなくて、他の3つの季節があるから、春は春、夏は夏、って。言ってました」

椿、見当がつくが、わざとらしく、

ゆくえ「んー？」

椿「昨日のドラマで？」

と、ニタニタ笑って誤魔化す。

紅葉、二階からタブレットを持って下りてくる。

夜々、トイレから戻ってくる。

ゆくえ「秋は秋」

椿「冬は冬」

ゆくえ「そう。正解」

夜々と紅葉、ゆくえと椿のやりとりを見て、

紅葉「なに言ってんの？」

夜々「はいはい、洗い物しますよ。食器まとめて」

ゆくえ「はーい」

ゆくえのアパート・リビング（日替わり・朝）

このみ、仕事に行く支度を終えて、

このみ「今日も夜、お花屋さんち？」

ゆくえ、自分も支度を進めながら、

ゆくえ「ううん、今日はがっつり残業になる日。ごめんね。ごはん一人で」

このみ「別にー。いってきまーす」

ゆくえ「いってらっしゃーい……」

ゆくえ、このみが家を出たのを確認。

このみがいつも読んでいる雑誌のドッグ

イアされたページを覗き見る。

ゆくえ「（小声で）……高いなぁ……」

白波出版・廊下

椿、仕事の合間に美鳥と電話をしている。

椿「うん、決めた。なんかほしい家具とかある？　置いてくけど……（笑って）そんな即答しなくても。あ、桜咲いたら見に行くから、そのとき、お家おじゃまさせてね」

居酒屋・店内（夜）

夜々と紅葉、向かい合って二人で飲んでいる。

夜々「みどちゃんからしたら、私たちってどう見えてるんだろって、嫌だったかなって、ぐるぐる考えてた」

紅葉「居心地悪かっただろうなぁ、とは」

夜々「……だよね」

紅葉「4人組に見えるって言ってた」

夜々「私たち？」

紅葉「（頷いて）で、自分が入ると、5人組じゃなくて、二人組が4つなんだって」

夜々「（考えて）……なるほどね。みどちゃんとの二人組が4つあって、だから、それで、4人組ができたんだ」

紅葉「そう。（つい笑って）関係ない人には、全然通じない気がするけど」

夜々「（笑って）でも5人には通じるよ、一発でわかる。4つ二人組があった。うん、わかる」

夜々、「うんうん」と納得して、

と、独り言のように呟く。

夜々「みどちゃんが嫌な思いしてなければ、なんでもいいんだけど……」

紅葉「夜々に言われなかったら、自分で塾やろうって思い立てなかった、って」
夜々「……言ってたの？」
紅葉「うん。春木がいなかったら、誰も信じられなくなってたし、ゆくえがいなかったら、教師になるの諦めてたし、って」
夜々「佐藤くんいなかったら、は？」
紅葉「なんも言われてない。俺いなくても先生の人生なんも変わってないでしょ」
夜々「ふぅん……（ニヤニヤして）聞いたげるよ」

と、スマホを出す。

紅葉「やめて」
夜々「大丈夫、大丈夫。佐藤くんがどうみどちゃんの人生に作用したか、聞いたげる」
紅葉「いいから。ほんとやめて」
夜々「（文字を打ちながら）佐藤くんのこと、」
紅葉「佐藤くんやめて」

と、二人で笑い合っていると、
園田の声「佐藤さん？」
と、声がして振り向くと、園田と松井が二人で飲んでいる。
紅葉「あ、お疲れ……え、二人喧嘩してなかった？」
松井「俺も別れたんですよー」
園田「その女の悪口大会です」
紅葉「（引いて）へぇ……」
松井「（夜々を見て）彼女さんかわいいですねー」
夜々「友達です」
園田「嘘。二人で楽しそうに飲んでるじゃないですか」
夜々「（イラッとして）二人で楽しく飲める友達です」

園田と松井、ヘラヘラ笑って、
松井「いや別に隠さなくても」

園田「てか佐藤さんと付き合ってて楽しいですか？」

夜々、キレそうなのを耐えて、にこやかに、

夜々「えー、どういう意味ですかー？」

紅葉「（夜々に小声で）いいから……」

松井「まぁ佐藤さんかっこいいですしね。お似合いです！」

夜々「（耐えて）……お二人は、佐藤さんのお友達ではないんですか？」

園田「ただのバ先の先輩ですけど」

紅葉「（夜々に小声で）突っかかんないで……」

夜々「（耐えて）じゃあ、佐藤さんのことなんて大して知らないんですね？」

松井「バイトで会うだけですからね」

夜々「（キレて）じゃあ黙ってろよ！！！！」

園田・松井「（驚いて）……」

紅葉「（夜々に小声で）やめて……」

夜々「知らないやつのこと知ったように言うな！お前らあれだろ!?　ヤフコメ書いてんのお前らだろ!?　このコメンテーター気取りが！」

紅葉、荷物を持って、夜々を引っ張り、

紅葉「帰るよ。帰ろ帰ろ……」

夜々「バーカ！　バーカ！」

園田・松井「（固まって）……」

夜々、紅葉に連れていかれる。

園田と松井、一息つくと、夜々が再び出口から顔を出して、

夜々「バーカ！　バーカ！」

紅葉「いいから！」

と、また紅葉に連れていかれる。

同・外（夜）

夜々、しょんぼりして店前に立っている。

紅葉、会計を終え、財布を仕舞いながら店から出てくる。

夜々「ごちそうさまです……反省してます」

紅葉「深く反省して」

二人、帰り道をとぼとぼと歩き出す。

夜々「……もう二度と会わないやつだと思ったら、溜まってるものが、言っちゃいけない、言っちゃいけない、って思ってたことが……ワーーーって」

紅葉「俺は会うから。明日会うから」

夜々「ごめんなさい……後悔してません」

紅葉「うん、いいよ。言ってることは正しかったから。（思い出し笑いで）バカとか。バカとか言う？　普通」

夜々「（笑って）バカにも伝わる言葉ってバカくらいだから」

夜々、スマホに通知。立ち止まって読む。

紅葉「（振り返って）ん？」

夜々「（読んで）みんなじゃないってことが救いだった」

紅葉「え？」

夜々「（読んで）みんなが自分を同じように見てると思ってたから、違う人もいることに安心した」

紅葉「（美鳥からとわかって）……」

夜々「（読んで、つい笑って）お互い生きにくい性格だけど、誤魔化し誤魔化し生きてこうね。だって」

紅葉「……なにほんとに聞いてんの」

二人、また歩き出して、

夜々「生きにくい性格なのはさ、」

紅葉「（笑って）5人とも」

夜々「（笑って）ね。5人ともだよね」

紅葉「……今度死にたくなったら、死ぬ前に電話するから。絶対出て」

夜々「うん、わかった。私もそうする」

紅葉「お腹痛いときも電話するから」

夜々「それは自分でなんとかしてよ」

春木家・外（日替わり）

ゆくえ、春木家へやって来る。

チャイムを鳴らして、花壇の【オクサマ】と書かれたアイスの棒が目に入って、

ゆくえ「……」

玄関から夜々が出てくる。

夜々「ゆくえさーん。どうぞー」

ゆくえ、門を入って玄関に向かい、

ゆくえ「ねぇ、指輪って土に還るのかな」

夜々「いやー、金属だから」

ゆくえ「だよね」

と、玄関を上がる二人。

同・リビング

ゆくえと夜々、リビングに入る。

ゆくえ「おじゃましまーす」

椿と紅葉、引っ越し用のダンボールを組み立てている。

椿「あ、いらっしゃい」

ゆくえ「……いつですか？　引っ越し」

椿「今月末に」

ゆくえ「あ、そんな早く……」

椿「決めないとだらだらしちゃうから。年明けにしよう、桜見てからにしようって、理由つけて先延ばしにしちゃうから」

三人、「たしかに」と控えめに頷く。

椿「それに、ここで志木さんが塾するのも楽しみだし。ちょっと見てみたいし」

三人、「たしかに」と、さっきより大きく頷く。

椿「そういうわけなんで、ここで4人でやりたいこと、募ります。どうぞ、挙手で」
三人「(考えて)……」
椿「なんでもいいですよ。常識の範囲内で、なんでも」

沈黙。誰も挙手しない。

椿「……寂しいな。なんかないの?」

ゆくえ、小さく手を挙げながら、

ゆくえ「強いて言うなら、」
椿「強いて?」
ゆくえ「おしゃべり」
夜々・紅葉「(頷いて)うんうん」
椿「……おしゃべりしてるよ」
ゆくえ「うん、だからまぁ……これでいい」
夜々「これでいいです」
紅葉「うん、これで」
椿「(考えて)……それもそうか」

4人、「うんうん」と納得する。

ゆくえ「でも、せっかくだしなんかしたいよね。なんかお家でみんなでやること……(絞り出して)お誕生日会とか?」
椿「僕、4月生まれです」
夜々「5月」
紅葉「7月」
ゆくえ「……8月……」
夜々「ゆくえさんの4か月遅れか、椿さんの4か月早めか、ですね」
紅葉「どっちも祝う?」
ゆくえ「ごめんなさい、また適当なこと言って。やめよ」
椿「うん、やめよ。全力で楽しめた記憶ないし」
紅葉「ほんとに何するとかないよね」
夜々「ない。いつも何かしに来てないですもんね」

ゆくえ「うん。いつも何しに来てたんだろ」
紅葉「来れるから来るっていう」
ゆくえ「そうなんだよね。私たちが来るから、椿さんがコーヒー入れてくれて」
夜々「コーヒー飲んで、しゃべって。誰かがお腹減ったねって言ったら、ご飯何にするか、またしゃべって」
紅葉「しゃべりながらご飯買い行って、しゃべりながら食べて」
ゆくえ「たしかに……（椿に）答え出ました。しゃべりに来てます！」
椿「何しに来てるか聞いてないけどね。何したいか聞いたんだけどね」
夜々「じゃあ、引き続きしゃべるってことで」
椿「はい。そうしよ。なんかやりたいこと思いついたら、適宜挙手して」
三人「（適当に）はーい」

椿「はい。じゃあなんか、おしゃべりの話題ください」
ゆくえ「（挙手して）はい。好きな動物」
椿「シンプル」
ゆくえ「意外とそういう話してなくない？　知り合ったときから苦手なことばっか話して……好きなものの話ってあんまり」
夜々「（挙手して）はい！　あります、好きな動物」
紅葉「カタツムリでしょ」
椿「カタツムリ動物？　虫じゃない？」
紅葉「虫って動物じゃないの？」
ゆくえ「もふもふしてるのが動物でしょ」
椿「なにその基準」
夜々「カタツムリじゃない好きなのあります。もふもふのやつ」
ゆくえ「犬？　猫？」

夜々「パンダです。パンダ好きです」
ゆくえ「パンダかわいいよねー」
紅葉「(複雑)……」
椿「(チラッと紅葉を見て)……夜々ちゃん」
夜々「はい?」
椿「パンダは良くないよ」
夜々「なんでですか? パンダかわいい」
椿「パンダかわいいけど。かわいいけど良くない」
ゆくえ「かわいいは正義ってよく、」
椿「悪にもなり得るから。正義は人それぞれだから。決めつけないで」
ゆくえ・夜々「ごめんなさい……」
紅葉「(不機嫌に)お腹減った」
椿「はい! お腹減った出ました! 話題変わります。ご飯の提案してください」
ゆくえ「この前何食べたっけ?」
夜々「ウーバーです」
椿「ウーバーは食べ物じゃないよ。入手経路だよ」

希子の通う中学校・教室~廊下(日替わり・朝)

ホームルーム前の騒がしい教室。
朔也、登校し自分の席に着く。
近くの生徒数人が廊下を見てコソコソ話している。
視線の先を見ると、廊下に希子。
朔也「……」
希子、教室に来た様子だが、扉の前でうつむいて動けなくなっている。
朔也、立ち上がって希子の元へ。
希子、朔也に気付くと逃げるように教室を離れていく。
朔也、希子を追いかけて、後ろから話し

かける。

朔也「……教室来てみたの?」

希子、早足に歩いたまま、

希子「教室行くと、みんなこっち見てくるし、なんか言ってくる。いるほうが変みたいに見てくる。普段、いないから変って、言ってくるくせに」

朔也「……なに言ってたかは、わかんないけど」

希子「でもなんか言ってたでしょ。あれ、ネットニュースの見出しみたいな感じ。嘘を本当っぽく言うのがみんな上手いの。信じられる人はいいよね。傷付ける側に回れて、傷付かなくて済むから」

朔也「(言い返せず)……」

朔也、黙って希子の斜め後ろをついていく。

希子「ついてこなくていいよ」

朔也「……でも、」

希子「間違い探しの答え見つけたとき、違ってるとこ見つけたとき、人に言いたくなるじゃん」

朔也「……うん」

希子「ここ違うとか、自分が一番に見つけたとか。それと同じ。他人の間違ってるとこ、みんな好きだから。学校退屈だから、間違い探しして、みんなでそれ共有して……」

朔也「なんでそれが望月じゃなきゃいけないの?」

希子、突然立ち止まって朔也に振り向く。

朔也、驚いて自分も足を止める。

希子「……別に誰でもいいんだよ」

朔也「……」

希子「誰でもよくて、途中で誰かに代わったりするから、だから、穂積は保健室来なくていいって言ってんの」

朔也「(立ち止まったまま)……」

希子、保健室へ向かって早足に歩いて行く。

白波出版・会議室

打ち合わせにやって来た紅葉、後藤を待つ間スマホを見ていて、

紅葉「(溜め息)……」

後藤、入室し、

後藤「お待たせしましたー」

紅葉、スマホを仕舞って、

紅葉「よろしくお願いします」

後藤、資料を準備しながら、

後藤「前回、ありがとうございました。評判良いですよ。インスタのフォロワーとか増えてませんん?」

紅葉「まぁ……ちょっとですけど」

後藤「よかったです。で、今回お願いしたいのは、ちょっと規模感は小さくなるんですけど、」

紅葉「あの」

後藤「はい」

紅葉「(不安そうに)……ほんとに評判良いですか?」

後藤「(なんとなく察して)……心無いこと言われました?」

紅葉「(図星で)……」

後藤「評判良いのはほんとです。そんな嘘ついて慰めたりしません」

紅葉「……はい」

後藤「気にしないほうがいいですよ。こういう仕事するならメンタル強くした方がいいです」

紅葉「(首を傾げて)気にしないっていうのが……」

後藤「誰かと比べるのも無駄です。それでいちいち落ち込んでたらキリないです。まぁ、他人に勝

手に比べられるのは、避けられないですけど」
紅葉「(飲み込んで)……はい、すみません。続けてください」
と、身が入らないまま打ち合わせを続ける。

同・ロビー(夕)

紅葉、出入り口近くで、スマホを見ながら立っている。
退勤した椿、エレベーターから出てきて、紅葉を見つけ、
紅葉「……」
椿「あーいたいた。お疲れ様。すごいね！　また仕事決まったんだね！」
紅葉「(浮かない表情で)……お疲れ様です」
椿、「なんかあったんだな」と思い、
椿「……うん。疲れたね。あったかいもの食べよ」
と、二人歩き出す。
紅葉「……」
椿「あったかいもの食べたって、つらいもんはつらいけどね。でもあったかいもの食べよ」

学習塾『おのでら塾』・教室

希子、いつもの席で机に突っ伏している。
ゆくえ、学校での話を一通り聞いて、
ゆくえ「……そっかそっか。疲れちゃったね」
希子「みんなはみんなでつらいと思う。私のこと嫌ってないとみんなで仲良くできないの、それはそれでつらい子いると思う」
ゆくえ「そんなこと気にしなくても……」
希子「気にするなって言われて気にしないで済むことなら、最初っから気にしてないよ」
ゆくえ「……そうだね。それはそうだ。ごめん」

希子「数が多い方が正解だもん。しょうがないよ」

ゆくえ「(首を横に振って)それは違うよ。多いのが正解なんてことない」

希子「……みんなでいなきゃいけないのと、一人でいなきゃいけないの、どっちがしんどいんだろ」

ゆくえ「しんどいときは自分のことだけ考えていいよ。自分のしんどさが一番でいいの。それはわがままじゃないから」

希子「……」

ゆくえ「あったかいもの飲もうか。ココア好き?」

希子「……好き」

春木家・リビング(夜)

椿と夜々、ダイニングテーブルでパソコンで将棋を指している。

ゆくえ、キッチンで洗い物を終える。

ソファでイラストを描いている紅葉の元へ行き、

ゆくえ「塾長にも自慢しちゃったー」

紅葉「ん? 何を?」

ゆくえ「あの小説。表紙、幼馴染が描いたんですって」

紅葉「……」

ゆくえ「みんな褒めてたよ。お母さんからも連絡あった。紅葉くん頑張ってるねーって」

紅葉「ゴミ」

ゆくえ「ゴミ?」

紅葉、スマホを見て読み上げる。

紅葉「表紙のイラストがゴミすぎる。世界観わかってない。読んでないやつが雰囲気で描いたのバレバレ。まじで装丁ゴミすぎて残念。読む気失せるレベル、」

ゆくえ、紅葉からスマホを奪って、

ゆくえ「……やめな。見なくていい」

紅葉「……仕事の意見だから。無視できないし」

と、スマホを奪い返す。

椿と夜々、何事かと思って二人を見る。

椿・夜々「……」

ゆくえ「悪意がある意見なんか無視していいよ」

紅葉「悪意ないと思うよ。この人たちにとっては正論なんだから。正義なんだよ」

ゆくえ「だったら尚更だよ。悪意に自覚ない人の言葉なんて尚更聞かなくていい」

紅葉「ゴミかどうかって、価値観なんでしょ」

ゆくえ「……」

紅葉「じゃあ否定できないでしょ。この人たちが自分の価値観でゴミって言ってるんだから。嫌いって言ってんだから」

ゆくえ「それは……」

紅葉「ゆくえちゃんにはわかんないよ。勉強とかと違うし。丸かバツかっていうのじゃないし」

沈黙。

ゆくえ「……そうだね。うん、ダメだね、否定しちゃ。ごめん。知ったようなこと言って、ごめん」

と、紅葉の元を離れる。

紅葉「……」

ゆくえ、上着を着る。

夜々「（心配して）……ゆくえさん」

ゆくえ「（笑顔で）あ、ちょっと散歩。大丈夫大丈夫」

と、リビングを出て行く。

紅葉「……」

椿、席を立ち、気丈に、

椿「……紅葉くん、なんか飲むー？」

紅葉、ソファで椿と夜々に背を向けたまま、

紅葉「……気にすることじゃないってわかってるんですけど。気にしないとか、無理で」

椿「……うん、そうだね」

夜々「……（頷く）」

紅葉「それに、ほんとに悪意じゃないと思うから。本心だろうし。ほんとに価値観の違いでしかないと思うから。こういうの」

沈黙。

椿、改まって、唐突に、

椿「婚約指輪、ゴミになりました」

夜々「ん？」

紅葉「（振り返って）……」

椿、玄関の方を指さして、

椿「そのへんに埋めてあります。いらないから埋めました。左手の薬指に指輪してる人見ると、あー指にゴミ付けてるなーって思います」

夜々、椿の話に乗って、

夜々「私は、担当したお客さんの会員カードがゴミ箱に捨ててある現場、見たことあります」

椿「（小声で）あ、ごめん……」

夜々「カード家に置いてきちゃったのすっごい後悔する人とかもいるのに、うん。ゴミになるかどうかなんて、人それぞれ」

椿「うん。人それぞれ。指輪なんてただの金属」

夜々「会員カードなんてただの厚紙」

紅葉、つい笑ってしまって、

紅葉「待って。慰め方が下手すぎる」

椿「ごめん……」

夜々「ごめんなさい……」

紅葉「ううん。大丈夫……ありがと」

と、二階へ行こうとする。

夜々「人の価値観否定するのは、たしかにダメだ

けど、」

　紅葉、振り返って、

紅葉「……」
夜々「でも、受け入れなきゃいけないってことも……」
椿「ないよ。ない。そのまま受け入れるのは違う」
紅葉「……」

　夜々、キッチンから紅葉のカップを持ってきて、

夜々「なんかあったかいもの飲も……一人になりたければあれだけど、嫌じゃなかったら、しゃべろ」
紅葉「……」

　紅葉、ダイニングテーブルのいつもの椅子に座る。

夜々「話し合えば誰とでもわかり合えるなんて嘘だし」
椿「違いは、多様性とか言って受け入れなきゃいけないくせに、間違いはとことん排除しようとして」
夜々「そう。その間違いだって、その人の価値観でしかないんだから」
椿「そう。決めつけてるだけ」
紅葉「……うん」
椿「見て」

　と、小説が大量に入ったダンボールを指さす。

椿「あれくらい好きな人もいるから」
夜々「うん。あれはもう、正義とか悪とか、そんな感覚の話じゃないから。事実だから」
紅葉「……うん、ありがと」
夜々「椿さん、配るって言ってたのに全然減ってなくないですか？」

椿「あんなに配るほど友達いないって気付いて……」

夜々「あ、ごめんなさい……」

紅葉、二人のやり取りを聞いて少し笑える。

ゆくえのアパート・ゆくえの部屋（夜）

このみ「お姉ちゃん、服借りまーす。いいよー」

と、独り言を言いながら部屋に入る。

机の下に隠すように置かれた紙袋を見つける。

中を見ると、紅葉が表紙を描いた小説が大量に入っていて、

このみ「（クスッと笑って）やましいもんじゃないんだから……いっこもらいまーす。いいよー」

と、一冊取って、部屋を出て行く。

春木家・リビング（夜）

紅葉、スマホをチラッと見て、

紅葉「電話してみようかな」

椿「うん……」

玄関の扉が開く音。

夜々「あ、帰って来たかも」

足音が近づいて来て、

ゆくえ「ただいまー」

と、何事もなかったようにリビングに入る。

椿「……おかえり」

夜々「……おかえりなさい」

ゆくえ「（紅葉に）お腹減ってる？」

紅葉「……ちょっと」

ゆくえ「じゃあ、はい」

と、近くのコンビニで買ってきたチョコチップのスティックパンを渡す。

紅葉「ありがと……」

　ゆくえ、荷物を置き、上着を脱ぎながら、

ゆくえ「これ買った近くのコンビニの店員さん。左手の薬指に指輪してて」

　紅葉、「なんの話？」と思いつつ、

紅葉「うん……」

ゆくえ「椿さんからしたらそれもゴミですけどねって思った。玄関先に埋められますよ？　って。思っただけね、言ってないよ。でも思った」

紅葉「へぇ……」

　椿と夜々、必死に笑いを堪えている。

ゆくえ「あとね、隣のレジにいたおばさん、ポイントカード家に置いてきたとかでずっと怒ってるの。私コソコソしちゃった。これ買ったけどポイント付けなかったから。そのおばさんからしたら、きっと許せない行為だろうね」

紅葉「へぇ……」

　椿と夜々、なんとか笑いを堪えている。

ゆくえ「あとね、あとなんだったかな。歩きながらいろいろ考えて……」

紅葉「うん、もう大丈夫」

ゆくえ「他にも思いついたんだけどな、人それぞれだよってこと」

紅葉「（少し笑ってしまって）大丈夫。たぶん、同じようなことしか出てこないと思うし」

ゆくえ「……ん？」

　椿と夜々も笑っていて。

ゆくえ「ん？　なに？　私いない間に何話した？」

椿「いや別に」

夜々「時間無駄にしたー」

ゆくえ「え？　なに？　仲間外れやだ。ちゃんと教えて」

紅葉「勝手に出てったくせに」

ゆくえ「えー、なに？」
三人、クスクス笑うだけで説明しない。
ゆくえ「ねー、教えてよ、なに？」

学習塾『おのでら塾』・講師室（日替わり）
ゆくえ、授業を終えて自分のデスクに戻る。
缶のココアが置いてある。
ゆくえ「（手に取って）？」
学「あ、それ希子ちゃんが置いてった」
ゆくえ「（微笑んで）あぁ」
学「冷めちゃったらごめんね、だって」
ゆくえ「いんです。冷めても」
学「今日早上がりでしょ？　なんで？」
ゆくえ「（意気込んで）お誕生日会です！」

ゆくえのアパート・リビング（夜）
このみ、仕事から帰宅。
このみ「ただいまー」
ゆくえ、クラッカーを鳴らして、
ゆくえ「誕生日おめでとー！」
と、パーティーグッズを身に付けている。
このみ「（ちょっと引いて）……」
ゆくえ「このみハッピーバースデー！」
このみ、ゆくえが無理にテンションを上げているのがわかり、
このみ「やめな。無理はよくない」
と、ゆくえに寄り添う。
ゆくえ「（スンとして）ごめん……ちょっと憧れで……挑戦してみたかった……」
このみ「だめだめ。お姉ちゃんはお姉ちゃんのままでいい。人は無理すると、死ぬ」
ゆくえ「ありがと……あ、はい。プレゼント」

と、プレゼントを渡し、小さく拍手する。

このみ「……ありがと」

ゆくえ「お寿司買ってきた。食べよ」

と、キッチンで準備を始める。

このみ「……お花屋さんち行かないの？」

ゆくえ「今日くらい一緒にご飯食べさせてよ」

このみ「引っ越しちゃうんでしょ？　もうあんまり行けないんでしょ？」

ゆくえ「それはそれ。このみの誕生日は、このみの誕生日」

このみ、なんとなく申し訳なくて、

このみ「夜々ちゃん呼んでもいいよ。紅葉くんも許す」

ゆくえ「それこそいつでもできるでしょ」

このみ「(無表情で)……ありがとう。超嬉しい。全然嬉しそうに見えないと思うけど」

ゆくえ「大丈夫。わかる。嬉しいときの顔してる」

このみ、ゆくえの横へ行き、夕食の準備を手伝う。

このみ「家だとさ、クリスマスと一緒にされてたじゃん」

ゆくえ「そうだったね」

このみ「お母さんに冗談で、このみはサンタさんにお願いして、愛嬌をもらったほうがいいわねって言われたときあって」

ゆくえ「(溜め息)お母さん……あの人ほんとに……」

このみ「サンタにお願いしたけど、もらえなかった。愛嬌」

ゆくえ「(このみをチラッと見て)……私はね、いつもほしいものくれたよ、サンタさん」

このみ「お姉ちゃんは良い子だったからね」

ゆくえ「妹がほしいってお願いしたら、一年後くらいにほんとに妹くれた」
このみ「(照れくさくて)……ふぅん」
ゆくえ「お茶入れてー」
このみ「ビールじゃなくて？」
ゆくえ「ビールで！」
　二人、笑って準備をする。

美容院『スネイル』・休憩室（夜）

　退勤後の夜々、帰る支度をし、スマホを見る。
夜々「……」
　画面を見て少し考え、電話をかける。
夜々「もしもし。なんか今日、ゆくえさんも紅葉くんも行かないって……あ、いや、そうじゃなくて……私一人でも、行っていいですか？」

春木家・リビング（夜）

　夜々、買い物袋を掲げて、
夜々「ご飯、作ります」
椿「え、いいよ。嫌いでしょ料理」
夜々「嫌いは嫌いなんですけど、得意なんです」
　と、キッチンで料理の準備を始める。
椿「そうなの？」
夜々「はい。ちっちゃいときから母親に教え込まれたから、実は得意で。大体なんでも作れます。強制されて始めたから、嫌いになっちゃっただけで」
椿「そうなんだ……」
夜々「高校生の時、好きな男の子に手作りのお弁当あげたんです。ここぞと思って、特技発揮しました」
椿「へぇ、いいね」
夜々「周りから、あることないこと言われました。

どうせ親が作ったんだろ、とか、そういう。それから得意って言うのも、人にご飯作るのも、やめました」
椿「……」
夜々「（冗談交じりに）椿さん、もう好きな男の子じゃないんで、作ってあげますね」
椿「……周りに、嫌なこと言う人も、もういないしね」
夜々「はい。なんなら自慢してやります。ゆくえさんに見せつけるようにフライパン振ってやります」
椿「見せつけられてるって気付かないだろうね。すごーい。じょうずーって」
夜々「紅葉くんに作るのはちょっとやだなー」
椿「なんで。作ってあげてよ」
夜々「あの人、私には正直なんですよ。味薄いとか平気で言いそう」
椿「あー、夜々ちゃんにすごい本音言うね？」
夜々「話し相手にちょうどいいって思われてるんです」
椿「いいことじゃん」
夜々「はい。全然いんですけど」
椿「なんか手伝いたい。仕事ちょうだい」
　と、腕まくりをする。
夜々「いいです、いいです。見ててください」
椿「じゃあ見てる」
　と、腕まくりを直す。
夜々「……いや、見てるの嫌だな。見ないでください」
椿「（笑って）えーなに、どうすればいいの」

ゆくえのアパート・リビング（夜）

　お寿司を食べているゆくえとこのみ。
　このみ、ネタだけ食べてシャリを残して

いる。

ゆくえ「(気付いて)ねぇ、ちょっと」

このみ「ご飯も食べるとお腹いっぱいになっちゃう」

ゆくえ「お寿司握ってくれた人の気持ち考えたことないの!?」

このみ「ない」

ゆくえのスマホにＬＩＮＥの通知。

ゆくえ「(見て)……ん、紅葉がこのみちゃん誕生日おめでとうって。よく覚えてるねー」

このみ「直接このみにＬＩＮＥしろよ」

ゆくえ「(笑って)たしかに」

このみ「(思い立って)……紅葉くん呼べば?」

ゆくえ「ん、なんで?」

このみ「二人で話す機会、意外とないんじゃない? お花屋さん家だといつも4人で」

ゆくえ「まぁ……そうだね」

このみ「来るならちゃんとプレゼント買ってこいって言って」

ゆくえ「(ニヤニヤして)はーい」

と、紅葉へＬＩＮＥを送る。

春木家・リビング(夜)

椿と夜々、ダイニングテーブルで夜々の手料理を食べている。

椿「美味しい!」

夜々「美味しいですよね! これ特技って言っていいですよね!?」

椿「言っていい! 言ったほうがいい!」

夜々「(頷いて)今度から言います。特技、料理」

椿「うん。言いな言いな」

夜々「……あの、ちゃんと言ってなかったのが悪いんですけど、聞いていいですか?」

椿「ん?」

夜々「バレてるからいいやって、曖昧にしてたけど」
椿「(察して)……」
夜々「私って、やっぱり、可能性ないですか?」
椿「……うん、ごめんね」
夜々「(笑って)ないかー。ですよね」
椿「……」
　夜々、泣けてきて、
夜々「(笑って)あーすみません。ごめんなさい。大丈夫です。すみません」
椿「……」
　椿、ティッシュの箱を持ってきて夜々の前に置く。
夜々「すみません……」
椿「(首を横に振る)」
　夜々、ティッシュで涙を拭きながら、
夜々「……そういうとこが好きです」
椿「(考えて、わからず)ん……え、どこ?」
夜々「普段めちゃくちゃしゃべるのに、こういうとき余計なこと言わないでティッシュ持ってきてくれるとこです」
椿「(笑って)いつも余計なことばっか言ってるみたいだな」
夜々「(笑って)ありがとうございます」
椿「……ううん、ありがとう」
　夜々、使ったティッシュを丸めて、
夜々「(ゴミ箱を指さして)投げていいですか?」
椿「(笑って)うん、いいよ」
　夜々、ゴミを投げようとしてやめて、
夜々「入ったら付き合ってくれます?」
椿「(首を振って)付き合わない」
夜々「なんだ」
　夜々、ゴミ箱を狙わずに適当に床にゴミを放る。

椿「あっ、夜々ちゃん⁉」
夜々「(わざとらしく) 入んなかったー」
椿「ダメ、ポイ捨て。ちゃんと拾って。捨てて」
夜々「(わざとらしく) 狙ったんだけどなー」
椿「わざと外したでしょ」
夜々「(笑って) もっかいやろー」
と、ティッシュを数枚箱から出す。
椿「(笑って) ほら無駄遣いしないで！」

ゆくえのアパート・リビング(夜)

紅葉、このみの食べ残したネタのない寿司を見て、
紅葉「食べ残していいとは言ったけどさ」
ゆくえ「残し方がね。ごめん」
紅葉「(部屋の中を見て) このみちゃんは？」
ゆくえ「コンビニにアイス買いに行った」
紅葉「アイス買ってきたのに」
と、持って来たビニール袋を見せる。
ゆくえ「すれ違うねぇ……(受け取って) ありがと。なに飲む？ ビールでいい？」
と、冷蔵庫を開ける。
紅葉「……ごめん。この前の、あれ」
ゆくえ「ゆくえちゃんみたいな堅い仕事してる人には俺みたいなクリエイターの気持ちはわかんないってやつ？」
紅葉「(笑って) なんか大袈裟になってる」
ゆくえ「(笑って) でも、実際そうだよ。それも人それぞれでしょ」
紅葉「……」
ゆくえ「経験ないことなんてわかんないし、わかった気になるほうが良くない。良くなかった。ごめんね」
紅葉「……ううん、ごめん」
紅葉、改まって、

紅葉「……ゆくえちゃん、わかってるでしょ」
ゆくえ「ん？」
紅葉「わかってて、俺が傷つかないように、期待とかしないように、ちょうどいい距離感っていうか。そういうの考えてくれてるでしょ」
ゆくえ「（わかっていて）……なんのことですか？」
紅葉「（笑って）なんで敬語なんですか？」
ゆくえ「（笑って、やめて）……傷ついてない？」
紅葉「うん」
ゆくえ「期待もしてない？」
紅葉「うん。まったく。全然期待させてもらえなかった」
ゆくえ「それはそれで、ちょっとひどい？」
紅葉「ううん。ありがたい」
ゆくえ「ん、そっか」
紅葉「でも」
ゆくえ「うん」
紅葉「そういう、気遣いっていうか……好きでもない俺のためにさ、距離感考えてくれるようなとこが好きなんだよね」
ゆくえ「（照れ笑いで）急にはっきり言うじゃん」
紅葉「（笑って）大丈夫。わかってるから、大丈夫」
ゆくえ「……うん」
紅葉「弟みたいな感じ？」
ゆくえ「ううん。きょうだいは、このみというかわいい妹が一人いるだけです」
紅葉「そうですか」
ゆくえ「紅葉は、なんかまぁ、紅葉っていう枠でしかないよね」
紅葉「なにそれ」
ゆくえ「子供のときずっと一緒にいたから、友達ともちょっと違うし。でも家族ってわけじゃなくて」

紅葉「うん」

ゆくえ「だからまぁ、紅葉は紅葉だよね」

紅葉「ふぅん」

ゆくえ「(冗談交じりに) 彼氏にはならないかなぁ」

紅葉「急にはっきり言うじゃん。傷ついたー」

ゆくえ「仮に彼氏になってさ、結婚とかしてさ、考えてごらん? このみ、妹になるんだよ?」

紅葉「(考えて) ……無理だわ」

ゆくえ「(笑って) でしょ」

紅葉「無理だ。絶対無理。俺絶対ゆくえちゃんと結婚したくない。無理。やだ」

ゆくえ「待って。なんで私がフラれた感じにしてんの?」

紅葉「ごめんね」

ゆくえ「ごめんねってなに?」

紅葉「他の誰かと幸せになってね」

ゆくえ「なに椿さんみたいなこと言ってんの?」

と、二人笑い合う。

通り(夜)

ゆくえの家から帰宅途中の紅葉。
スマホに夜々から着信。

紅葉「(電話に出て) 死にたいことあった?」

夜々の声「失恋した。慰めて。深い意味はない」

紅葉「人のこと慰めてる余裕ない」

夜々の声「もしかしてそちらも?」

紅葉「うん」

夜々の声「あらあら。慰めましょうか?」

紅葉「傷のなめ合いになるよ。醜いよ」

夜々のアパート・中(夜)

電話しながら帰宅した夜々。

夜々「かすり傷もちゃんと治しておかないと」

紅葉の声「それはそうだけど」

夜々「こういうときにね」

紅葉の声「うん」

夜々「紅葉くんで寂しさ埋めたろって気にならないから、やっぱ紅葉くんは友達だわ」

紅葉の声「大丈夫。同じこと思ってる」

夜々「(笑って) ある意味両想いだ。電話したらちょっと大丈夫になった。風呂入って寝る」

紅葉の声「そうしてー」

夜々「あ、明日夜バイト?」

紅葉の声「ううん」

夜々「(嬉しそうに) じゃあ、みんな集まれる日だ」

春木家・リビング (日替わり・夜)

　夜々、ダイニングテーブルに前日作った料理の残りを並べる。

夜々「残り物ですみません」

ゆくえ「(感動して) すごーい! えっ夜々ちゃんすごーい! 絶対美味しい! もう美味しい!」

夜々「(ニヤニヤして) ありがとうございます」

紅葉「料理できんならいつも作ってよ」

夜々「言うと思った! そういうこと言うと思った!」

椿「はいはい。食べよ。席着いて」

4人「(各々で) いただきまーす」

　と、食べ始める。

ゆくえ「美味しー!」

夜々「(ニヤニヤして) ありがとうございます」

椿「うん、やっぱり美味しい」

夜々「すみません、二日連続同じメニューで」

紅葉「(もぐもぐ) ……」

夜々「（紅葉を煽って）はい。作った人に、はい？」

紅葉「……美味しい」

紅葉以外の三人、笑って。

夜々「美味しい、いただきましたー」

椿「あれ、今日洗い物、誰？」

紅葉「うわ、俺です。最悪。いつもより多いじゃん」

夜々「すぐ美味しい言わないからですよ」

ゆくえ、三人のやり取りを聞きながら、部屋を軽く見渡し、

ゆくえ「4人でやりたいこと、思いついちゃいました」

椿「ん？　なに？」

ゆくえ「ちょっと住みたいです」

椿「住む？」

紅葉「俺は何度も泊まってるけど」

夜々「私たちも泊まりたいです！」

椿「うん、別にいいよ。泊まって。泊まろ泊まろ」

ゆくえ「泊まるっていうか、ちょっと住みたい」

椿「ん、違うの？　何度か泊まるのと、ちょっと住むの。え、住民票移すとかじゃないよね？」

ゆくえ「泊まるのは、寝て、起きるってことだけど……」

紅葉「あ、わかる。住むのは、行って帰ってくるってことでしょ」

ゆくえ「そう。行って帰ってくる」

椿「行って帰ってくる？」

夜々「わかります！　仕事行って、帰ってくる。買い物行って、帰ってくる。遊び行っても、絶対帰ってくる」

椿「（頷く）……いいね、行って帰ってくるの。みんなでちょっと住みますか」

ゆくえ「ちょっと住みます！」

了

最終話

春木家・外観（早朝）

花壇に刺さったままのアイスの棒。

同・寝室（早朝）

ゆくえと夜々、ダブルベッドに二人で寝ている。

同・リビング（早朝）

椿、ソファで寝ている。

同・二階の空き部屋（早朝）

紅葉が使っている部屋。
空の寝袋が無造作に広がっている。

同・玄関（朝）

深夜バイトを終えた紅葉、欠伸をしたりと疲れた様子。合鍵で玄関に入る。
夜々、バタバタと玄関に駆けてきて、

夜々「おかえり。お疲れ」
と、急いでいる様子で靴を履く。

紅葉「ただいま」
夜々、紅葉が持っているビニール袋を見て、

夜々「あーなんかちょうだい。朝ごはんになるもの」

紅葉「はい」
と、ビニール袋の口を開いて中を見せる。
夜々、おにぎりをひとつ手に取って、

夜々「ありがと。いってきまーす」
と、慌ただしく玄関を出て行く。

紅葉「いってらっしゃーい」

同・リビング（朝）

紅葉、リビングに入って、

紅葉「ただいまー」
　仕事に行く支度を済ませ、スーツ姿の椿。
　まだパジャマ姿のゆくえ。
　二人、ダイニングテーブルでのんびりコーヒーを飲んでいて、
ゆくえ・椿「おかえりー」
紅葉「(思わず笑って）夫婦みたいだね」
ゆくえ「同世代の男女ってだけで関係性決めつけるの良くないですよ、って言われますよ」
椿「言った気がする」
紅葉「夜々ちゃん仕事？　バタバタしてたけど」
ゆくえ「うん。ここから行くこと忘れてていつもの時間に起きちゃったって」
紅葉「意外とそういうとこあるよね」
ゆくえ「ねー」
紅葉「シャワー借りまーす」
椿「お風呂沸かしてあるよ」

紅葉「(振り返って）えっ」
ゆくえ「温泉の素、置いてあるから好きなの使っていいって。夜々ちゃんおすすめのやつ」
紅葉「(感激して）えー……最高じゃん。住みたい……」
椿「今ちょっと住んでるんでしょ？」
紅葉「あ、これあげる。全然代わりにもならないけど」
　と、コンビニでもらったおにぎりやパンの入ったビニール袋をテーブルの上に置く。
椿「ありがとー」
　と、中を見る。
紅葉「ゆくえちゃん休み？」
ゆくえ「ううん。ぼちぼち準備するー」
　と、立ち上がる。
　椿、チョコチップスナックを見て、

椿「これ間違ってない？　消費期限まだだよ」
紅葉「あ、それは普通に買ったやつ。椿さん好きだから」
椿「（嬉しそうに）え、ありがと」
紅葉「お風呂借りまーす」
ゆくえ「紅葉」
紅葉「ん？」
　二階を指さして、
ゆくえ「ベッドで寝ていいよ。シーツ替えてある」
紅葉「（さらに感激して）うわー、もうここ住もっかなー」
　と、言いながら風呂場へ。
椿「（笑って）だから今住んでるんでしょ？」

同・寝室（朝）

　風呂上がりの紅葉、ベッドにダイブ。
　一息つき寝ようとしたとき、視線の先に引っ越しのダンボールがあって、
紅葉「……（視線を逸らす）」

○タイトル

春木家・リビング（夜）

　手際悪くカレーを作っているゆくえ、椿、紅葉。
紅葉「……夜々ちゃんが作ったほうがいい気がするんだけど」
椿「何事も経験だからね」
ゆくえ「何事も経験だよー」
　夜々、二階から下りてくる。
　パーカーの下に着ているカタツムリのイラストのTシャツが見えている。
　キッチンへ来て、3人を煽って、

夜々「まだですか〜」
ゆくえ「まだですー」
夜々「がんばって〜」
椿「素人なりにがんばってますー」
紅葉「(Tシャツを見て)……カタツムリ」
夜々「(Tシャツを見せつけて)カタツムリ〜」
紅葉「俺の……」
夜々「私のだよ」
紅葉「ちょっと待って……」
　と、キッチンを離れる。
ゆくえ「それかわいいよねぇ」
夜々「ネットで買ったんです」
　紅葉、タブレットでイラストのデータを探して、
紅葉「これ」
　と、夜々に画面を見せる。
　夜々のTシャツにプリントされたのと同じカタツムリのイラスト。
夜々「……え？」
ゆくえ「同じだぁ、紅葉こういうのも作ってるの？」
紅葉「作ってない」
椿「でも、ここに。これが」
紅葉「作ってない。俺は、作ってない」
ゆくえ「(嫌な予感がして)……夜々ちゃん、ネットで買ったんだよね？」
夜々「はい。あんまり目にしない、ちょっとマイナーな、通販サイトでは、ありましたけど……」
椿「盗用されたってこと？」
夜々「私もしかして……犯罪に加担してます？」
　沈黙。
　夜々、キッチンに立ち、
夜々「……一人で全部作ります……みなさん座っててください……」

ゆくえ「（慌てて）夜々ちゃん悪くないよ！」
椿「（慌てて）うん！　どっちも被害者だよ！」
　夜々、手際良く料理の続きを始めて、
夜々「紅葉くんカレー以外に食べたいものありますか？　なんでも作りますけど」
紅葉「（夜々に）……なんでそれ買ったの？」
夜々「カタツムリ、Tシャツ、かわいい、で検索して……いくつか出てきて……これ一番かわいいなって……」
紅葉「そっか。ありがと」
夜々「どういたしまして……（紅葉を見て）え？」
紅葉「俺が描いたって知らずに買ったんでしょ」
夜々「うん。買ったの知り合う前だし……」
紅葉「うん。じゃあ、むしろ嬉しいやつ。友達だからとかじゃなくて選んでくれたなら」
三人「……」
紅葉「あ、表紙のやつも嬉しかったけど。でもちょっと、気遣われてんのかと思ったから」
椿「気は遣ってないよ。あれもほんとにかわいいし」
ゆくえ「（頷いて）あれもかわいい。これもかわいい」
紅葉「うん……ありがとう」
椿「はい、4人でカレー作ろうねー」
ゆくえ「すご。やっぱ夜々ちゃん切るの上手いね」
夜々「（ホッとして）じゃあ、みんなでお揃いで買います？」
紅葉「それはダメだから」

×　　×　　×

　ダイニングテーブルでカレーを食べる4人。
ゆくえ「3日はカレーかな」

椿「誰か呼んでもいいし」
夜々「みどちゃん?」
紅葉「カレー食べるために北海道から来ないでしょ」
椿「そうだ。引っ越す前に、楓が遊びに来たいって」
ゆくえ「このみも一回来てみたいって言ってた。(椿に)あ、妹です」
椿「うん、ぜひ。会ってみたいし。紅葉くんと仲良しのこのみちゃん」
紅葉「どこの情報ですか?」
夜々「(クスクス笑って)いいですね。その二人も一緒にカレー食べましょ」

赤田家・リビング(夜)

峰子、夕食の餃子を食卓に置く。
赤田、手元の小皿にお酢を入れ、

赤田「いる?」
と、峰子にお酢を差し出す。
峰子「いらない」
赤田「そ」
峰子、手元の小皿に醤油と大量のラー油を入れる。
峰子「いる?」
と、赤田にラー油を差し出す。
赤田「いらない」
峰子「そ」
二人、お互いの食べ方に驚きも干渉もせず、
二人「いただきまーす」
と、食べ始める。
赤田「んー、うまー」
峰子「焼き加減完璧だねー」
赤田「天才だわー」

と、満足そうに食べる二人。

峰子「(唐突に)潮さんってさ」

赤田、驚いて食器が手から滑る。

赤田「違う違う。動揺したんじゃない。驚いただけ」

峰子「うん」

赤田「うん」

峰子「潮さんてさ、どんな人?」

赤田「(どんな人?)……」

学習塾『おのでら塾』・事務室(日替わり)

学と教子、事務室に二人。

学「(教子に)あ、聞いた? ゆくえちゃんの引き抜きの話」

入口前を通った希子、中の会話が聞こえて、

希子「ゆくえちゃん辞めちゃうの!?」

と、事務室に顔を出す。

学「(笑って)違う違う。お誘いもらってたけど、やっぱり辞めないって」

希子「(ホッとして)……なんだ」

学「よかったねー」

教子「まだここの子達と一緒にいたいからって言ってたよー」

希子「(照れくさくて)ふぅん……」

春木家・リビング

カレーに火をかけるゆくえ。

椿、スマホを見て、

椿「夜々ちゃんと紅葉くん、買い物終わって今から帰るって」

ゆくえ「はーい」

二人、どことなく様子を窺いながら、

椿「……夜々ちゃん、なんか言ってた?」

ゆくえ「（察するが）なんかって？」
椿「いや、なんも言ってないならいいんだけど」
ゆくえ「……紅葉、なんか言ってました？」
椿「（察するが）なんかって？」
ゆくえ「いや、なんも言ってないならいいんですけど」

二人、顔を見合わせて、
ゆくえ・椿「……」

チャイムが鳴る。
椿「あ、楓かな」
ゆくえ「このみかも」

春木家・前

夜々と紅葉、春木家に帰宅。
玄関に向かいながら、淡々と、
紅葉「ゆくえちゃん、なんか言ってた？」
夜々「なんも」
紅葉「あっそ」
夜々「椿さん、なんか言ってた？」
紅葉「なんも」
夜々「あっそ」

二人、玄関を開け、家の中へ。

同・リビング

夜々と紅葉、リビングに入る。
夜々・紅葉「ただいまー」

ダイニングテーブルで赤田、純恋、このみ、楓が座ってカレーを食べている。
赤田「いや、関係ないと思ってましたよ。だからいちいち彼女にも報告しなかったんです。あ、今の嫁のことなんですけど」
純恋「ですよね。わかります。友達の性別なんて、恋人には関係ないですもんね？」
楓「純恋さん、今言ってるそれ、友達じゃないでしょ」
純恋「友達じゃ……なくなったけど……」
赤田「そういうパターンの人がいるから信用されないんだろうなぁ……」
純恋「ごめんなさい、実例になっちゃって……（このみに）どう思う？」
このみ「まじでどうでもいいです」
夜々・紅葉「（状況が呑み込めず）……え？」
4人、夜々と紅葉に気付いて、
赤田「あっ、はじめまして。潮がお世話になってます」
純恋「ご無沙汰してます」
楓「おじゃましてまーす」
このみ「（軽く会釈）」
ソファの前に正座しているゆくえと椿。
ゆくえ「（神妙な面持ちで）おかえり」
椿「（申し訳なさそうに）おかえりなさい……」

夜々と紅葉、二人の元へ行って、
紅葉「なにあれ。続編とか言っといてキャスト総入れ替えするやつ？」
夜々「意味わかんないです。（チラッとテーブルの方を見て）特に純恋さん。意味がわからないです」
紅葉「あの人あれ？　男友達って言ってた？」
ゆくえ「そう、それ。赤田」
紅葉「意味わかんない。全然意味わかんない」
ゆくえ「このみに、私と共通の知り合いなら呼んでもいいよって言ったら……」
椿「僕も楓に……」
ゆくえ「そしたら赤田を……」
椿「純恋を……」
紅葉「きょうだいたちバカなの？」
夜々「来る方もバカでしょ」
ゆくえ「ごめんなさい……」

椿「ごめんなさい……」
　このみ、皿を持って立ち上がって、
このみ「（椿に）お花屋さーん。おかわりー」
椿「はいはい」
　と、立ち上がりキッチンへ向かう。
　ゆくえ、振り返ってこのみに、
ゆくえ「ちょっとー。自分でやんなよー」
椿「大丈夫です、大丈夫です」
　いろいろと複雑で大きく溜め息をつく夜々と紅葉。
ゆくえ「（二人に）ごめんなさい……」
紅葉「俺たちは別にいんだけど……」
夜々「気まずくないですか……？」
ゆくえ「……（赤田をチラッと見る）」

×　×　×

　椿、キッチンでカレーをよそいながら、
椿「ごめんね」
このみ「なにが？」
椿「最近あれだよね。お姉ちゃんとご飯食べること、減っちゃったよね」
このみ「んー、トータルでまだまだ私のほうが多いんで。みなさんより」
椿「（笑って）そうだよね」
このみ「最近、出かけるとき楽しそう」
椿「ん？」
このみ「人と会うのが楽しそう。お姉ちゃん」
椿「（理解して微笑んで）へぇ」
このみ「うん。ありがとう。（皿を受け取って）カレー、ありがとう」
椿「いいえ」
　このみ、テーブルに戻ろうとするが、椿に振り返る。
椿「（目が合って）ん？」
このみ「（夜々について）片想いも、楽しかったって」

と、言い残してテーブルに戻る。

椿「（ホッとして）……」

× × ×

空になったカレーの鍋。

夜々「（覗き込んで）あんなにあったのに」

紅葉「（覗き込んで）二日で終わったね」

純恋、キッチンにやって来て、

純恋「あ……洗い物やりますね」

紅葉「いいです、いいです。大丈夫です」

夜々「お客さんだし」

純恋「（苦笑で）そっか、私お客さんか」

夜々「いや、あの、変な意味じゃなくて……」

純恋「じゃあ、お家の人にお任せします」

夜々「はい……」

純恋、椿が離れたところにいると確認してから、

純恋「見たくて、来ちゃったんです」

紅葉「椿さんを、ですか？」

純恋「友達と話してる椿くん、どんな感じなんだろうって。（笑って）すみません。楽しそうでよかったです」

夜々と紅葉、「いえいえ」と照れ笑い。

同・玄関（夜）

玄関に純恋と楓。見送る椿。

椿「（純恋を気にしつつ、楓に）車？」

楓「うん。（察して）……純恋さん、駅まで送りますよ」

純恋「ありがとう。（椿に）おじゃましました。なんか、ごめんね」

椿「（笑って）別に謝られること」

純恋「（笑って）ううん、ごめん。じゃあ」

椿「じゃあね」

　玄関を出て行く純恋と楓。
　ゆくえとこのみ、玄関に来て、
ゆくえ「あっ、このみも送ってもらう?」
このみ「人の車酔うからいやー。バス停すぐだし大丈夫」
ゆくえ「ん、気を付けてね」
このみ「うん。(椿に手を振って) バイバイ」
椿「(笑って) バイバイ」
ゆくえ「おじゃましました、でしょ」
　夜々と紅葉、リビングから出てきて、
このみ「(夜々に手を振って) 夜々ちゃんバイバイ」
夜々「(笑って) バイバーイ」
このみ「(紅葉を見て) ……」
紅葉「(このみを見て) ……」
　このみ、黙って玄関を出て行く。
紅葉「なんか言えよ」

　三人、笑う。
　赤田、玄関に来て、
赤田「長居してすみません、おじゃましました」
椿「いいえー、気を付けて」
　赤田、ゆくえを見て、
赤田「……近くの駐車場いっぱいでさ、ちょっと遠いんだよね」
ゆくえ「そう」
赤田「もう遅いし、暗いし……」
ゆくえ「そうね」
赤田「駐車場まで送ってくんない?」
ゆくえ「(自分を指さし) ……女子なんだが」
赤田「言ってある。今日潮に会う、話すって。許可得てる」
ゆくえ「(そう言われても) ……」
　紅葉、廊下から二人を見ていて、
紅葉「(無愛想に) もう遅いし、暗いし」

赤田「……はい、すみません。帰ります……」
紅葉「ゆくえちゃん、送ってあげて」
赤田「ん？」
ゆくえ「なんでそうなる？」
　椿と夜々、紅葉に乗って、
椿「うん。夜道一人じゃ危ないと思うし」
ゆくえ「危なくないでしょ」
夜々「赤田さん、かわいいし」
ゆくえ「かわいくもないでしょ」
　紅葉、リビングからゆくえの上着を持ってきて、
紅葉「はい」
ゆくえ「……」
　椿と夜々、「いってらっしゃい」と手を振る。
　ゆくえ、上着を受け取って、
ゆくえ「じゃあ……送ってきます」
赤田「……おじゃましました」
　二人、気まずそうに玄関を出て行く。
　それを見送る椿、夜々、紅葉。
椿「急に二人っていうのも、気まずいのかな」
夜々「ある意味、別れた二人ですからね」

通り（夜）

　駐車場へ向かって歩くゆくえと赤田。
　以前と変わらず気兼ねなく楽しそうな二人。
ゆくえ「え⁉　あの店員さん？　いつもいる？」
赤田「そう。会計んとき、まじなテンションで、次がありますよ！　元気出して！　って」
ゆくえ「私と別れたと思って？」
赤田「慰めてくれた」
ゆくえ「カップルだと思われてたんだ……やだぁ」

赤田「やだじゃねぇよ、こっちフラれたと思われてんだわ」
ゆくえ「フラれ顔だもんね」
赤田「新婚ほやほや顔だろ」
ゆくえ「新婚て楽しいの？」
赤田「楽しい」
ゆくえ「おーそうかそうか」
赤田「潮の基本情報説明したら、」
ゆくえ「え、奥さんに？」
赤田「うん。そしたら、子供の進路相談とかできるねーって」
ゆくえ「(考えて)……」
赤田「あ、全然、嫌味とかじゃなくて。助かるねーって」
ゆくえ「(嬉しそうに)え⁉　子供できたの⁉」
赤田「ん？」
　ゆくえ、テンションが上がって、

ゆくえ「えー！　おめでとう！　男の子？　女の子？　どっちでもいいよね！　名前決めた？　いつ生まれんの？」
赤田「待って、待って。できてない。子供できてない」
ゆくえ「え、だって今」
赤田「いつかの話ね。できたらの話」
ゆくえ「あ、そう。できたのかと思った」
赤田「(しみじみと)……すげぇ喜ぶじゃん」
ゆくえ「うん、楽しみ。赤田の子供」
赤田「……結婚するって言ったときも、今みたいにめちゃくちゃ喜んで……」
ゆくえ「うん。嬉しかったもん」
赤田「そういうの伝えた、奥さんに」
ゆくえ「(チラッと赤田を見て)……」
赤田「たしかに、女だから嫌っていう生理は理解できるし、わかるけど、でも、潮はこういう人ですって。自分のことみたいに、自分のこと以上に、俺らが結婚するのを喜んでくれてました、って」

ゆくえ「……うん」

赤田「前ほど頻繁には無理だけど、うん。俺の歌を聞かないと死んでしまいそう、とかあれば電話しろ。たぶん許しが出る」

ゆくえ「……わかった。赤田の横で、永遠に、永遠にともに、歌う」

赤田「お前ほんとそういうとこだからな」

二人、笑って。

ゆくえ「カエラ、フル尺で聴かせなきゃ」

赤田「楽しみだわー」

春木家・外（夜）

赤田の運転する車、春木家の前に停まる。

後部座席から降りるゆくえ。

赤田、運転席から振り向いて、

赤田「じゃ」

ゆくえ「二人で幸せになれよ！」

赤田「もう幸せだよ！」

ゆくえ、笑顔でドアを閉め、玄関へ。

同・二階の空き部屋（日替わり・朝）

紅葉、寝袋の中で目を覚ます。

もぞもぞと起き上がり、部屋を出ようとするが、

紅葉「……」

寝袋をまるめて片付ける。

同・リビング（朝）

荷造りがほとんど済んでいるリビング。

紅葉、二階から下りてくる。

椿、キッチンでコーヒーを入れていて、

椿「おはよー」

紅葉「……おはよう」
椿「今日バイト?」
紅葉「ううん」
椿「イラスト?」
紅葉「ううん。今日はやんない」
椿「そ」

ゆくえと夜々、二階から下りてくる。

ゆくえ・夜々「おはようございまーす」
椿「おはよー」
紅葉「(ゆくえと夜々に)仕事?」
ゆくえ「休みとった」
夜々「私もー」

椿、パンを指さして、

椿「そのへんの食べきっちゃってー」
ゆくえ「はーい」

夜々、冷蔵庫を開けて、

夜々「冷蔵庫あれですよね? 電源」
椿「うん。空っぽにしてー」
夜々「はーい」
紅葉「……」

ゆくえ、紅葉の様子を気にして、パンを手渡し、

ゆくえ「はい。朝ごはん食べよー」
紅葉「……うん」

学習塾『おのでら塾』・教室

希子、いつもの席で一人で自習している。
朔也、教室に入って、希子の隣に座る。
希子、朔也を気にしつつ、手元を見たまま、

希子「……ゆくえちゃん、今日、友達の引っ越し手伝うんだって」
朔也「へぇ」
希子「引っ越すから、席なくなっちゃうんだっ

て」

朔也「（理解できず）引っ越しで……席？」

希子「うん。でも大丈夫なんだって。いなくなるわけじゃないから」

朔也「……」

希子「……しんどい。学校にいるの、教室に行くの、しんどい」

朔也「うん」

希子「だから、自分のこと一番に考えることにした」

朔也「うん」

希子「だから、穂積の好きにしていいよ」

朔也「うん……ん、何が？」

希子「穂積のことどうでもいいから、どうしても保健室で給食食べたいなら、いいよ」

朔也「……なんで上からなんだよ」

希子、鞄から缶のココアを出して、

希子「間違って買ったからあげる」

朔也「（受け取って）……冷めてんじゃん」

希子、鞄からもう一つココアを出して、飲み始める。

朔也「（絶対間違ってないじゃん）……」

朔也もココアを開けて飲み始める。

春木家・リビング

椿、キッチンで食器類を荷造りしている。

4人お揃いのマグカップを見て、

椿「……」

4つ持ってダイニングテーブルに持って行く。

それぞれ荷造りや掃除をしているゆくえ、夜々、紅葉に、

椿「ちょっと来てー。これ、それぞれで。自宅保管で。はい。お願いしまーす」

と、集まって来た三人の前にマグカップと新聞紙を置く。
三人「(手に取るが)……」
椿、自分の赤いマグカップを新聞紙で包む。
顔を上げると三人とも何もしていない。
椿「……割れちゃうよ」
ゆくえ、自分の水色のマグカップを持ってキッチンへ行き、いつもの場所に置く。
夜々と紅葉、同じようにマグカップをキッチンへ。
椿「……」
三人、元の作業に戻って、
ゆくえ「椿さん、カーテン取っちゃっていいですか？」
椿、マグカップを包んだ新聞紙を剥がし、捨てる。
キッチンに自分のマグカップを置く。
椿「取りましょ」
と、ゆくえと一緒にカーテンを外す。
キッチンにマグカップが4つ。

同・外(夕)

引っ越しのトラックが春木家の前から走り出す。

同・リビング〜玄関(夕)

荷物や家具がすべて出され、空になったリビング。

ダイニングテーブルがあった場所に、各々いつもの席があった位置で寝そべったり座ったりしている4人。

指スマで遊んでいて、決着がつき、笑う。

椿、チラッと時計を見る。

ゆくえ「……そろそろ?」
椿「うん。そろそろ」
　4人、立ち上がり、上着を着て、荷物を持つ。
　椿、部屋を見渡して、
椿「忘れ物ないですか?」
紅葉「(笑って)二度目は苦手なんでー」
夜々「(笑って)忘れ物気を付けてくださーい」
ゆくえ「(笑って)懐かしいー」
椿「今回はほんとに困るでしょ、なんか置いてっちゃうと。誰もいないから」
ゆくえ「……でも別に、」
三人「(そっか)……」
ゆくえ「うん。美鳥ちゃんいるから。帰って来るから」
椿「……そうだね。そもそもマグカップ」
紅葉「意図的に置いてくくらいだし」

　4人、リビングを出て玄関に向かう。
　夜々、リビングに向かって手を振って、
夜々「みどちゃんまた来るねー。おじゃましましたー」
紅葉「また来まーす。おじゃましましたー」
ゆくえ「私もー。おじゃましましたー」
　と、それぞれ小さく手を振って、順に玄関を出て行く。
　椿、改まって頭下げて、
椿「おじゃましましたー」
　と、玄関を出て行く。
　リビングには子供時代の4人。
　指スマで遊んでいたが、ふと顔を上げ、玄関に向かって手を振る。

ゆくえのアパート・リビング(日替わり)

　ゆくえ、友人からの結婚式の招待状を凝

視。

欠席に丸を付けるか悩んでいる。

ゆくえ「（小声で）いやでもなぁ……」

このみ、その様子を見て察して、

このみ「（溜め息をつき）相変わらずそんなので悩んで……嫌ならさぼっちゃいなよ」

ゆくえ「でも、この子この前の同窓会で会ったばっかで……同じグループの子の結婚式に私が呼ばれてなかったことが発覚して……だから多分これは義務的に送ってくれたやつなの……欠席すると意味を持ってしまうというか……」

このみ「そんなの気にしなくて大丈夫だよ〜」

ゆくえ「（このみを見て）気になるの！　気にしないの無理なの！」

このみ「めんどくさ」

白波出版・オフィス

デスクで仕事中の椿。

いつものように仕事を頼まれ、いつものようにすべて受け入れる。

加山「春木くーん。これは紙で保存できるやつかなー？」

椿「はーい。確認しまーす」

と、加山のデスクへ。

夏美と彩子、椿を見ながら話している。

夏美「春木さん、引っ越したってよ」

彩子「部活やめるってよ、みたいに言うじゃん」

夏美「（思い出し笑いで）そう、それ。部活」

彩子「部活？」

夏美「新居はどうですか？　って聞いたら、ほんとに部室みたいなサイズ感になりました！　って言ってて」

彩子「どういう意味？」

夏美「狭いってことかな？　よくわかんない」
彩子「春木さん、何かと僕は無個性な人間なんで、って言うけどさ」
夏美「あー言うよね」
彩子「超個性強くない？」
夏美「超個性強い。超個性の強い、良い人」
彩子「わかる」
椿、加山のデスクから戻ろうとして、こける。
夏美「相変わらずだなぁ」

美容院『スネイル』・店内

夜々「ありがとうございましたー」
勤務中の夜々、出入り口で客を見送り店内に戻る、
水島、夜々に近付いて、肩についた髪を払う。
夜々、ビクッとして振り返る。
水島「違うよ？　触ってないよ？　髪ついてるから」
と、さらに肩に触れる。
夜々「（愛想笑いで）……ありがとうございます」
相良、その様子が見えて、
相良「……」
杏里、通りすがりに夜々を見ながら、
杏里「見てー、相変わらず必死に愛想笑いしてるよー。社会の縮図だー、生きづれー」
と、相良を煽る。
相良「（考えて）……夜々ちゃん！」
夜々「（相良に振り向いて）……」
相良「シャンプー台、片してもらってもいい？」
夜々「……はいっ」
と、早足にその場を離れる。

×　×　×

夜々、シャンプー台の方からやって来て、

夜々「全部片してあるけど……？」
相良「あー、気のせいかも。大丈夫。ごめん」
夜々「（察して）……」
相良「……なに」
夜々「（笑いを堪えて）ううん」
相良「……嫌なときは嫌って言いなよ」
夜々「（呆れて）お前が言うなよ」
相良「（驚いて）口わる……」

コンビニ・休憩室（夕）

紅葉、バイトを終えて休憩室へ入る。
これからシフトの園田と松井、支度を済ませたところで、

園田・松井「（気まずい）お疲れ様でーす……」
紅葉「（気まずい）お疲れ……」
園田「あの、これよかったら、彼女さん……じゃなくて、お友達に、謝罪と言うか……」

と、紅葉に化粧品らしき小さな紙袋を渡す。

紅葉「（中をチラッと見て）あー、こういうの好きじゃないんだよね」
松井「でも、結構良いやつなんで、」
紅葉「いやー、こういうので女が喜ぶって男に思われてることに、何よりブチ切れる子だから。二人のためにもやめといたほうが……」

と、紙袋を返す。

園田・松井「……すみませんでした」
なぜか紅葉も申し訳なさそうに、
紅葉「いや……なんかごめんね……」
園田「いえ……」
松井「お疲れ様でした……」

と、二人で休憩室を出て行く。

紅葉「（小さく溜め息）……」

九条、二人と入れ替わりに休憩室の中へ。
中での会話を聞いていた様子で、

九条「相変わらずだねぇ、平和主義。紅葉ちゃんがブチ切れたっていいのに」

紅葉、苦笑いで首を横に振る。

九条「でもなんか最近、（出口の方を見て）調子乗り大学生二人、ちょっとだけ態度良いの。ちょっとだけ」

紅葉「あー……多分、友達がキレたから」

九条「キレた？　調子乗っててんじゃねーよ的な？」

紅葉「（頷いて）的な」

九条「良いお友達いるじゃーん。その子と紅葉ちゃんにこれあげちゃう。ゴミになる前に」

と、廃棄の弁当を二つ手渡す。

紅葉「（笑って）ありがとうございます」

ゆくえのアパート・リビング（夕）

このみ、一人でテレビを観ている。
リビングに入ってきたゆくえに、

このみ「お姉ちゃん知ってるー？」

ゆくえ「んー？」

このみ「（テレビを指さして）このお相撲さん、新潟の人。かんちゃんと同じ大会出てたんだって」

ゆくえ「え……」

このみ「お母さんこの前騒いでたよ。ビデオ撮ってあったらしくて、お宝映像だーって。すごい感動するやつだって」

ゆくえ「（確信して）え!?　どっち!?」

このみ「どっちって？」

テレビから力士のインタビューが聞こえてきて、

力士の声「子供の頃から、悔しい思い、恥ずかしい思いもたくさんしてきました」

ゆくえ「(テレビに見入って）……」

力士の声「今日ようやく、今までの経験や感情に、すべて意味があったと思えました。ありがとうございました」

このみ「おー、かっけー」

ゆくえ「……どっちでもいいね。どっちでも……おめでとう。よかった……おめでとう……」

と、涙ぐんで拍手。

このみ「どっちって何？」

フラワーショップはるき・店内（夕）

仕事帰りに店に立ち寄った椿。

椿「ただいまー」

鈴子と楓、気付いて、

楓「おかえりー。アパートどう？　狭いんじゃない？」

椿「ううん、ちょうどいいよ。一人だから」

鈴子、思い出し笑い。

椿「(鈴子に振り向き）え、なに」

鈴子「最近、美鳥ちゃんと会ったんだって？」

椿「……なんで知ってんの？」

鈴子「北海道だっけ？　戻る前に立ち寄ってくれて」

椿「そうなんだ……」

鈴子「(笑って）思わず、おかえりって言っちゃって」

椿「……」

鈴子「美鳥ちゃんも、ただいまって」

椿「……まぁ、二か所あっても」

鈴子「あってもね。そう。今、椿がただいまって言ったの聞いて、思い出しちゃった。黙ってようと思ったのに」

楓、廃棄になる花を椿に差し出して、

楓「いる?」

椿「……いる。ありがと」

　と、花を受け取る。

美容院『スネイル』・店内（夕）

　受付で作業中の夜々。

　来客があり、顔を上げ、

夜々「いらっしゃいませ」

　客は夜々の同級生・村山咲（26）。

咲「すみません。予約してないんですけど、まだ大丈夫ですか?」

夜々「（咲の顔を見て）……え?」

　咲、夜々と目が合い、すぐに気付いて、

咲「え、夜々ちゃん?」

夜々「……ムラサキちゃん」

咲「（笑って）待って、懐かしいあだ名。久しぶりー」

夜々「久しぶり……あ、ごめん、そっか。もう違うもんね。結婚したんだもんね」

咲「ん? うん、結婚したよ」

夜々「（冗談半分に）じゃあもう村山じゃないから、ムラサキちゃんじゃないね」

咲「（クスクス笑って）よくないよー、そういう固定観念」

夜々「?」

咲「旦那にこっちの苗字になってもらったの」

夜々「あ、そうなんだ……」

咲「うん。女が苗字変えなきゃダメとか納得いかなくて。めちゃくちゃ話し合って、勝ち取った。今でも村山咲」

夜々「（感心して）やっぱムラサキちゃんだね……」

咲「うん……（笑って）いや、それもう誰も呼んでないけどね」

　二人、顔を合わせて照れくさそうに笑う。

居酒屋・店内（夜）

　紅葉の高校の同窓会。
　紅葉、みんなが盛り上がっているなか、参加費を徴収している。隅っこに座って、溜め息。
　スマホにＬＩＮＥの通知があって、

紅葉「（見て）……」
　スマホを仕舞い、近くにいた伊田に、
紅葉「伊田、ごめん。抜けていい？」
伊田「え、なんで」
紅葉「あの、ちょっと別のグループで誘われて……」
光井「はぁ？」
紅葉「……（つくり笑顔で）いいや！　嘘嘘、大丈夫！」
伊田「……あー、いいよ」
紅葉「え」
伊田「いいよ。貸して」
　と、参加費を数え始める。
紅葉「……ありがと」
伊田「ん」
紅葉「みんなごめん！　先抜けます！」
　と、声を張るが誰も聞いていない。
紅葉「……（伊田に笑顔で）じゃあ、ありがと！」
伊田「お……」
　紅葉、店を出て行く。

通り（夜）

　紅葉、電話しながら歩いている。
紅葉「（嬉しそうに）もうそっちいるの？　うん、わかった。すぐ行く」

カラオケボックス・個室（夜）

椿、広い部屋に一人。
藤井風『きらり』の間奏が流れている。
歌い出そうとしたタイミングで、

ゆくえ「いた〜！」
と、扉を開けるゆくえ。

椿「（歌えず）っ……」
ゆくえ、廊下に向かって手招きし、

ゆくえ「いたよ〜、ここにいた！」
夜々と紅葉、やって来て。

夜々「あーいたいた」

紅葉「椿さんＬＩＮＥ見てよー。部屋番号教えてくれないとさー」
と、三人とも個室の中へ。

夜々「知らないおじさんの部屋覗いちゃいましたよー」

ゆくえ「私カップルイチャついてるとこ開けちゃった」

紅葉「覗くだけにしなよ」
と、三人で笑い合っている。

×　×　×

歌い飽きた４人、テーブルをいつもの位置で囲んで、飲み食いしながら話している。

ゆくえ「え⁉　あのムラサキちゃん⁉」

夜々「はい！　今でもムラサキちゃんでした！」

紅葉「誰？」

夜々「小学生のとき好きだった人」

椿「えっ」

紅葉「あれだ。初恋の人だ」

夜々「初恋の人と結婚した人です！　結婚したけどまだムラサキちゃんだったんです！」

椿「ん？」
受付からの電話が鳴る。

ゆくえ「(すぐ取って) 30分延長で」

志木家・前(日替わり)

引っ越しのトラックが家の前で停まっている。
美鳥、荷物の搬入が終わり、玄関前でトラックを見送る。
玄関に戻ろうとしたとき、花壇が目に入る。
かがんでよく見ると【オクサマ】と書かれたアイスの棒で。

美鳥「(なにこれ)……?」
夜々の声「みどちゃーん」
美鳥、顔を上げると夜々がいて。
夜々「手伝い来たー」
美鳥「ねぇ、これなに?」
夜々「(なんて言おうか)……」
夜々、とりあえず手を合わせる。
美鳥「(えっ?)……」
美鳥、同じように手を合わせる。

同・リビング

荷解きしながら話す美鳥と夜々。
夜々「嫌い、って話がちゃんとできるんだよね」
美鳥「嫌い?」
夜々「何が好きって話ができるのも良いけど、何が嫌いとか苦手とか、そういうのちゃんと言えるの」
美鳥「なるほどね。夜々はずーっと嫌いってことが言えなかったんだもんね」
夜々「そう。今まで好いてくれた人たち、みんな当たり前に好きなもの聞いてくるの。何が好き?これ好き?　って。でも、好きな人たちに、自分が何を嫌いなのか知ってもらったら、すっごい生きやすくなった」
美鳥「(微笑んで) お茶いれよっか」
夜々「(嬉しそうに) うん!」

同・玄関

美鳥、玄関の扉を開けると紅葉が立っていて、
美鳥「どうした?」
紅葉「今日、引っ越しって聞いたから……」
美鳥「聞いたから?」
紅葉「なんか、力仕事とかあれば……」
美鳥「佐藤くん力なさそうだなぁ」
紅葉「……あ、あと、これ」
と、表紙を描いた小説を一冊差し出す。
紅葉「表紙描いたやつで。よかったら……あ、中身はすごいほんとにおもしろい小説なんで」
美鳥「いらない」
紅葉「(ショックで) そうですか……」
美鳥「自分で買った。持ってるからいらない」
紅葉「(照れくさくて) そうですか……」
美鳥、リビングに戻ろうとする。
紅葉、玄関を上がっていいのか躊躇っていると、
美鳥「(振り返って) 二階に運びたいものあるんだけど」
紅葉「手伝います!」
と、急いで靴を脱ぐ。

同・リビング(夕)

ゆくえ、たくさん持ってきた引っ越し祝いをテーブルの上に出していく。
美鳥、それらを一つずつ見たり、中身を出したり。
ゆくえ「人の、優先順位っていうのがわかんない

の」
美鳥「誰より誰が大事とか？」
ゆくえ「そう。友達より彼氏とか、彼氏より家族とか」
美鳥「ゆくえ、高校の時さ、付き合ってた男の子に、」
ゆくえ「そう！　覚えてる？」
美鳥「なんで俺より友達優先するんだって」
ゆくえ「そう、それ。先に友達と約束してたからデート断っただけなのに。ずーっとネチネチ言われて。俺彼氏だよね？　とか言われて」
美鳥「そういうの積み重なってわかんなくなったんだ」
ゆくえ「うん。順位なんて付けらんない」
美鳥「そうだねぇ」
ゆくえ「だからね、美鳥ちゃんよりあの三人が大事ってことでもないの。４人で会える日だって、このみの誕生日お祝いしたりもするし。誰が一番とかじゃない」
美鳥「（微笑んで）男友達より女友達大事にしたほうが良いとかね、そういうのよくわかんないよね」
ゆくえ「うん……ねぇ、男女の友情ってさ、成立するの？　しないの？」
美鳥「（少し考えて、真面目に）……どっちでもいいんじゃない？」
ゆくえ「（笑って）だよね。どっちでもいいよね」
美鳥「（真面目に）人それぞれだからね」
ゆくえ「（笑って）だよね。人それぞれだよね」
美鳥「（つられて笑って）なんでそんな嬉しそうなの？」
ゆくえ「（笑って）ううん。あ、これ冷蔵庫ね」
美鳥「はーい。暗くなる前に帰りなー」
ゆくえ「はーい」

同・外観（夜）

同・リビング（夜）

緊張ぎみに座っている椿。
美鳥、椿に赤いマグカップでコーヒーを出す。

美鳥「（クスクス笑って）なんで代わりばんこに来るの？」
椿「代わりばんこ？　……え、3人来たの？」
美鳥「うん。みんな一人ずつ来た。手伝ってくれた」
椿「（部屋を見て）だからもうこんな片付いて……」
美鳥「うん。もう春木にやってもらうことないよ」
椿「……抜け駆けしてちょっと申し訳ないなぁって気持ちで来たのに」
美鳥「みんなそんなようなこと言ってた」
椿「（苦笑して）そっか」
美鳥「……ここなくなっちゃって、4人でどこで会うの？」
椿「この前はカラオケで……ねぇ、聞いて。僕一番最初にお店着いたから受付済ませて一人で気持ちよく歌ってたのね？　中学のとき話したっけ？　歌う人になりたかったの。でね、部屋番号なんかさ、受付で聞けばいいじゃん？　4人なんですけどってさ。なのにね、」

美鳥、「始まったなぁ」とおもしろくなって、笑いを堪えて相槌を打って話を聞く。

同・玄関（夜）

椿「なんかごめん。何も手伝わず、コーヒーもらって、話聞いてもらって……」

美鳥「ううん」
椿「おじゃましました」
美鳥「うん」
椿「……（わざとらしく）おじゃましましました！」
美鳥「（笑って）またおいで」
　　椿、小さく手を振って、玄関を出て行く。
　　美鳥、同じように小さく手を振る。

同・リビング（夜）

　　美鳥、赤いマグカップを洗う。
　　すでに水色、紫、黄色のマグカップが洗ってあり、４色のマグカップが揃う。
美鳥M「勘違いされる人生だったけど、だからこそ、間違いないものがよく見えた」

篠宮の個展会場・中（夜）

　　客のいない閉館後の会場。
　　篠宮、ぼんやりと展示された絵を眺めている。
　　黒崎、会場に入り、篠宮の元へ。
黒崎「お疲れ様。はい、差し入れ」
　　と、飲み物が入ったビニール袋を渡す。
篠宮「ありがと」
黒崎「あと……これ」
　　と、鞄から紅葉が表紙を描いた小説を二冊出す。
　　一冊差し出して、
黒崎「知ってる？」
篠宮「（見て）……」
　　篠宮、黒崎の元を離れる。
黒崎「（不安になり）……ごめん、いらなかった？」
　　篠宮、荷物の中から同じ小説を二冊出す。
篠宮「（照れくさそうに）……二冊買っちゃった」

二人、同じことを考えていたとわかり、笑う。

美鳥M「勘違いがあったから、見つかったもの、出会えた人もいる」

赤田家・キッチン（夜）

峰子、棚や引き出しを開けて何か探している。

赤田がやってきて、

峰子「ねぇ、大きいゴミ袋どこしまった？　買ってあったよね？」

赤田「ゴミ袋の下でしょ」

峰子「ん？　下って？」

赤田、ゴミ箱にセットされた袋をどかすと、中に未使用のゴミ袋が入っている。

赤田「はい」

と、ゴミ袋の封を開け、一枚手渡す。

峰子「あ……こたくん、ゴミ箱の底にゴミ袋入れとく人？」

赤田「うん。替えるとき楽でしょ」

峰子「了解。じゃあそうしよ、赤田家はそれで」

赤田、峰子は違うんだとわかり、

赤田「……ありがと」

峰子「何がありがとう？」

赤田「その、合わせてくれて。こっちの価値観に」

峰子「（笑って）大袈裟。ゴミ袋くらいで」

と、ゴミ袋を片付け始める

赤田「……この、ゴミ袋の袋ってさ」

峰子「あっ、それ捨てないでね！　洗面所のちっちゃいゴミ箱に使うから」

赤田「（笑いを堪えて）了解」

美鳥M「他人の価値観なんて理解できないけど、理解したいと思える他人と、出会えることはある」

希子の通う中学校・保健室（日替わり）

希子、一人で勉強している。

朔也の声「望月ー」

と、声がする方を見ると、朔也が廊下にいる。

朔也、両手に給食のトレーを持っていて、ドアが開けられず、

朔也の声「開けて」

希子「（聞こえているが）え？」

朔也、肘でむりやり開けようとするが上手くいかず、扉をガタガタさせている。

希子「（ケラケラ笑って）ねぇ、こぼすよ」

と、扉を開けに行く。

朔也「ありがと」

希子、自分の分の給食を受け取って、

希子「ありがと」

二人、いつものように向かい合って座り、給食を食べ始める。

希子、当たり前のようにニンジンを朔也の皿へ。

朔也、ピーマンをそっと希子の皿へ移す。

希子「え？　嫌いなの？」

朔也「うん」

希子「好き嫌いあるんじゃん」

朔也「あるよ。誰にでもあるでしょ」

希子「うわ、開き直った」

美鳥M「みんなみたいに、みんなにならなくていい。みんなに嫌われてる子なんて、いない」

志木家・外観（数か月後）

玄関の門に、『みどり学習塾』と塾の看板。

同・リビング

塾生の子供たちが自習をしている。
美鳥、子供たちの様子を見つつ料理を作っている。
塾生の高瀬大和（10）、美鳥の横にやって来て、野菜の切れ端に手を伸ばす。

美鳥「捨ててくれんの？　ありがとう」
大和「ううん、ごはん」
美鳥「ごはん？　それゴミだよ。食べれないとこ」
大和「うさぎのごはん。持って帰っていい？」
美鳥「あぁ、そっか、うさぎのごはんか。いいよ、持って帰って。ごめんね、ゴミって言って」
大和「いいよー」
美鳥M「誰かにとってはゴミになるものでも、他の誰かにとっては大切なものだったりする」

美鳥、椿が住んでいたときと同じ引き出しから新しいゴミ袋を出す。

喫茶店・前

喫茶店にやって来た紅葉。
店内の壁に飾られた篠宮の絵画が外から見えて、

紅葉「……」

少し眺めたのち、店の中へ。

美鳥M「人はどうしたって変わっていくのに、なりたい自分にはいつまでも変われない」

通り～喫茶店前

夜々、一人で歩いていると、

男「……お姉さん、」
夜々「（大声で）一人です！」

と、振り向きもせず歩いて行く。

美鳥M「他人に決めつけられた自分の価値からは、

どうしたって逃れられない」

　夜々、喫茶店に紅葉がいるのが見え、店の中へ。

　椿、すれ違いで店の前に来て、「ここかな……」とスマホを確認しながら店の中へ。

美鳥M「みんなみたいにみんなになれなくて、上手に二人組もつくれない」

喫茶店・店内

　ゆくえ、店内をうろうろしている。

　三人がいる席を見つけて、笑顔で駆けて行く。

美鳥M「居場所を探してうろうろしてた4人が出会って、三人がいてくれる場所が、帰る場所になった」

ゆくえ「遅れてすみません、ちょっと美鳥ちゃんのとこ寄ってて」

志木家・リビング

　美鳥、キッチンでゆくえが持ってきたガーベラを花瓶に生ける。

　生徒の女の子が横でじっと見ている。

美鳥「ほしい？」

女の子「……（頷く）」

　美鳥、ガーベラを一本抜いて、

美鳥「はい」

女の子「ありがとう」

　と、嬉しそうに受け取って、テーブルに戻る。

男の子「ほしい！」

美鳥「（笑って）はいはい」

　集まって来た数人の生徒に、ガーベラを一本ずつあげる。

美鳥、残った4本のガーベラを生けた花瓶を窓際に飾る。

美鳥M「一番好きな人は、ひとりじゃなくていい」

○タイトルバック

インテリアショップ・店内（日替わり）

展示品の4人掛けのダイニングテーブルに、いつもの位置に座るゆくえ、椿、夜々、紅葉。

4人とも春木家にいるようにリラックスして、

紅葉「実は……同窓会のグループLINE、自分から退会しましたー」

ゆくえ「おーすごいじゃーん、成長」

夜々「私は、最近、心開いてない人にも……口悪いです！」

紅葉「それは成長なの？」

ゆくえ「本音言えるようになった証だもんね」

夜々「はい」

ゆくえ「私は、結婚式の招待状……欠席に丸付けました！」

紅葉「やば！　わざわざ地元帰って嫌々同窓会に行くゆくえちゃんが！」

夜々「すごーい！」

椿「ちっさ。みんなの成長ちっさ」

ゆくえ「椿さんだってあれでしょ？　喫煙所に行かなくなったくらいでしょ？」

椿「僕のすごいよ。なんと、美容院、二回続けて同じところに行きました！」

紅葉「夜々ちゃんとこでしょ？」

椿「ううん、違うとこ。今の家の近く」

夜々「え!?」

椿「……あ、違うよ。夜々ちゃんが嫌とかじゃなくて、」
夜々「(椿を睨んで)……」
椿「……(ゆくえと紅葉に)だってね。聞いて。前に切ってもらったとき、切りながら、あ！　って言われたの」
紅葉「えっこわっ。美容師さんに、あって言われるのこわ」
椿「怖いよね!?　(夜々に)怖かったからね!?」
夜々「(不貞腐れて)……」
ゆくえ「落ちこんじゃった……紅葉、髪貸してあげてよ」
紅葉「やだよ。なに髪貸すって。返ってこないでしょ」
夜々「お腹減ったー」
ゆくえ「はい。話題変わります。ご飯の話しよー」

紅葉「この前何食べたっけ?」
ゆくえ「ファミレスじゃない?」
店員、近付いて来て、
店員「申し訳ありません。他のお客様もいらっしゃいますので……」
4人「……すみません……」
席を立ち、話しながら店を出て行く4人。
椿「ファミレスは食べ物じゃないからね」
ゆくえ「あ、ラーメンどう?　このみが美味しいお店見つけたって」
夜々「ラーメン食べたい！」
紅葉「俺、一蘭がいい」
夜々「(小声で)一蘭……」
ゆくえ「……紅葉、一蘭はダメ」
紅葉「なんで?　一蘭美味しい」
ゆくえ「美味しいけど。美味しいけどダメ。一人で行きなさい」

椿「ね、カラオケ行こうよ。カラオケ行こ？」

夜々「じゃあ紅葉くん一人一蘭で、椿さん一人カラオケね。ゆくえさん二人でどっか行こー」

ゆくえ「行こー」

椿「なんで⁉　4人じゃなきゃ意味ないでしょ？」

ダイニングテーブルにマグカップが4つと、花が生けられた花瓶。

了

あとがき

いちばんすきな花はたんぽぽなんですけどね、そういえば今の今まで誰も聞いてくれないんですよ。誰も聞いてくれないので自分から言っちゃいました。たんぽぽって雑草っぽくていい。お祝いとかにあげる感じじゃなくて、日常っぽくていい。あと音がいい。たんぽぽ。響きのかわいさならダントツですよね。たんぽぽ。黄色い花もかわいいし、白いふわふわもかわいい。

男女の友情というテーマはプロデューサー発信のもので、なるほどなぁ、と思った。今の時代に「男女」というワードが堂々とテーマに含まれている危うさとともに、だからこそ、その危うさに触れた話がつくれると思った。最初から「男女の友情は成立するのか⁉」なんて問いとしてバグってる問いの答えを出す気なんてさらさらなかった。主人公たち４人の最終的な関係性だって、友情だって、友情じゃなくたって、どっちでもいい。

前回のドラマが終わってすぐ、今作の内容についてプロデューサーとブレストしていたら、「自分にとっては大嫌いな人でも、その人を大切に思う人はいるんだよね～」という話になった。20歳上のベテラン男性プロデューサーとなんでこんな話になったのか、発端はまったく覚えてない。村瀬さんも覚えてないと思う。そして、それって逆もあるよね、と。自分の大好きで大切な人を「きらい」と言われたときの、自分を「きらい」と言われたのとはまた違う、悲しさと悔しさ。すきな人がきらわれているという現実に、自分はどこまで素直な自分でいれるのか。自分が「みんな」になれない不安と、「みんな」になりたくない葛藤。「みんな」であることが良しとされる空間での駆け引き……なんてことを考えていたとき、頭の中に広がってきたのが、学校の教室だった。

以前働いていた職場の優しい先輩は、昔は厳しい人だったらしい。その先輩は「出産したら、どんなにダメな後輩に対しても〝この子にも親がいる〟と思って厳しくできなくなった」とお母さんの顔で言っていた。いろんなことを学んだ職場だったけど、それがいちばん人生を学んだ瞬間だった。自分に起きたことで、他人を実感する。後輩にしか見えていなかった人が、誰かの子供に見えるようになる。当たり前に誰でも多面の立体であるというのに、自分から見えるひとつの平面がその人のすべてだと思い込んでしまう。思い込まれてしまう。わたしはこのみちゃんに勝る愛嬌のない人見知りなので、親しくなってから「よく勘違いされるでしょ？」と冗談交じりに言われることが多々ある。勘違いされるってなんなんだろう。サンタさんに愛嬌をもらえたとして、人見知りを脱却したとして、取り繕えるようになった〝わたし〟は、勘違いされてることにはならないんだろうか。愛嬌のある人懐っこい人、に勘違いされてるとしか思えない。最初から勘違いも何も、新しい一面を知っただけの話なのに。不愛想な人見知りもわたしなのに。勘違いしてたんじゃないよ、決めつけてただけだよ。

ゆくえは、空気が読めない子供で無意識にグループの友達を傷つけていたのかもしれない。椿は、純恋の価値観や過去を無意識に否定して何度も傷つけてきたのかもしれない。夜々は、無自覚なだけで本当は恋愛が盛んで周囲に迷惑をかけていたのかもしれない。紅葉は、上手く立ち回っているつもりだけど本当は周りに気を遣わせていることに無自覚だったのかもしれない。……もちろんこんな裏設定はないけど。でも、見えてない裏側はわからない。知らない一面は絶対にある。ドラマで描いているのはせいぜい10時間。しかも主人公が4人。他の登場人物を入れたらレギュラーキャストだけで20人以上いて、彼らを10時間見ただけで、どんな人かなんてわかるはずがない。4人が、志木（小花）美鳥という人を、自分の見てきたその一時だけで、勝手に人物像を作り上げてしまっていたように。

ゴミをまとめる作業がきらいで、あーめんどくさいめんどくさい…と思いながらゴミをまとめていたら、新しいゴミ袋がラス1だった。ゴミ袋の袋を古いゴミ袋にぐちゃっと入れた。さっきまでゴミ袋を包んでいたものが、ゴミ袋の中でぐちゃっとしている。この袋はわたしがゴミ袋につっこんだ今この瞬間ゴミになったんだとわかった。それがなんだか寂しくてたまらなくて、スマホのメモに【ゴミ袋の袋はゴミなのか?】とメモをした。答えはもちろん「人それぞれ」。いつだってこの「人それぞれ」としか言いようのない問いが、人間関係を拗らせる。

心穏やかに、大切な人や物を大切にして、すきな人とすきな自分で過ごすために必要なのは、そうじゃない人や物への無関心だと思う。すきもきらいも両想いだとうれしい。あなたにとってのゴミは、ゴミでいい。その価値観を変える必要なんてない。ゴミはゴミ。ゴミはゴミ箱へ。そしてゴミの日の朝にゴミ袋の口をしっかりと閉じて、指定のゴミ捨て場に捨てる。それでいい。そうしてほしい。あなたのゴミを撒き散らかさないでほしい。

たんぽぽってさ、黄色い花が咲いて、枯れて、で、白いふわふわになるじゃないですか。フーってしたくなるやつ。ちびっこがあれをフーってやってる光景って平和の象徴だなぁと思います。あのフーのお陰で種が飛んでって、またNEWたんぽぽができて、また枯れて、また白いふわふわになって、またちびっことか風にフーってされて。将棋とか料理とか数学とかお家みたいに、繋がっていくわけです。

黄色い花が枯れて白いふわふわになる様子をタイムラプスで撮影したやつ、動画検索すると出てくるから見てみてください。枯れたら終わりじゃないんだなって、死ななくても生まれ変われるんだなって思えるから。死にたくなったら死ぬ前に友達に電話してほしいけど、まぁ友達だって忙しいときもあるだろうし。電話に出なかったら「死にそうなんだが」ってとりあえずLINE入れて、黄色い花が白いふわふわになる動画を見てください。そのうち友達から折り返しの電話がくるから、それまで死なないでください。

ドラマの感想を丁寧に伝えてくださる方がたくさんいました。前回のドラマに比べたら数字的に観た人は少ないはずなのに、届く感想の量も熱量も圧倒的に多く強かったのです。不思議なものです。面が小さいほど圧力が強くかかるからなんでしょうね。掌でポンッて押されるドラマじゃなくて、ボールペンの先でグリッて突かれるドラマだったんでしょう。痛い痛い。そしてみんな、「ドラマを観て自分だけじゃないと思えた」と言っていました。ドラマのなかだけじゃないです。こんなにたくさんの同じ感想を持った人がいます。わたしはゆくえちゃんです。椿さんの気持ちがよくわかります。夜々ちゃんみたいな人生でした。紅葉くんはまるで自分を見ているようです。全員いました。すべてにはお返事できていないので、ここでお伝えします。あなた以外にも、ドラマ以外にも、あなたみたいな人はいます！　いるから大丈夫。あなたもいて大丈夫！

ちっちゃなかすり傷がいつまでも消えない人、あたかも傷なんてないみたいにニコニコしてしまう人のためにこの脚本を書きました。そのくらいの傷で……と笑う人もいる。傷に気付いてくれない人はもっといる。でも、確実に〝いる〟、そのかすり傷を持った人たちの消毒液があってほしいと思いました。絆創膏みたいに覆いかぶせて守ることはできないけど、傷口に沁みて誤魔化してた痛みがぶり返すけど。それでも、ちょっとずつ毒を消す手助けになれたらうれしいです。

このドラマも誰かにとってはきっといらないゴミ。わたしもいらないゴミ脚本家。ゴミがゴミを生み出しただけ。だとしても、また他の誰かにとっては宝物や御守りになったかもしれない。ゆくえちゃん（峰子ちゃんも！）にとってゴミ袋の袋はゴミじゃない。みんながきらってた美鳥ちゃんを、すきだと思う人が４人もいた。仮に誰かのゴミだったとしても、また他の誰かの宝物を生み出せたということは、大きな誇りです。

全スタッフ・キャストの皆さん、わかりにくく伝わりにくい脚本を形にしてくださり、ありがとうございました。この本に書かれていない部分はすべて演出やお芝居の力です。赤田とすれ違う山盛りポテトとか。「いいいいい」って言い合うゆくえと椿とか。そして、何よりドラマを楽しんでくださった皆さん、ありがとうございました。トラウマをえぐってごめんなさい。皆さんみたいな人がいるとわかって、わたしがいちばん救われました。みんなみたいに、みんなにならなくていいですよね。お礼にまた何か書きます。たんぽぽみたいに地味で雑草みたいな、でも確実に誰かの〝すき〟になれる作品を書きます。

生方美久

Cast

潮ゆくえ ………………………… 多部未華子

春木 椿 ………………………… 松下洸平

深雪夜々 ………………………… 今田美桜

佐藤紅葉 ………………………… 神尾楓珠

潮このみ ………………………… 齋藤飛鳥

春木 楓 ………………………… 一ノ瀬颯

望月希子 ………………………… 白鳥玉季

穂積朔也 ………………………… 黒川想矢

白石峰子 ………………………… 田辺桃子

相良大貴 ………………………… 泉澤祐希

小岩井純恋 ……………………… 臼田あさ美

赤田鼓太郎 ……………………… 仲野太賀

志木美鳥 ………………………… 田中麗奈

他

Staff

脚本
生方美久

音楽
得田真裕

主題歌
藤井 風『花』
(HEHN RECORDS/UNIVERSAL SIGMA)

プロデュース
村瀬 健

演出
髙野 舞／谷村政樹／ジョン ウンヒ／岩城隆一

制作著作
フジテレビ

Book Staff

カバー写真
市橋織江

ブックデザイン
市川晶子（扶桑社）

DTP
明昌堂

校正
東京出版サービスセンター

いちばんすきな花

シナリオブック 完全版〈下〉

発行日　　2023年12月31日 初版第1刷発行

脚　本　　生方美久

発行者　　小池英彦

発行所　　株式会社 扶桑社
〒105-8070
東京都港区芝浦1-1-1 浜松町ビルディング
電話 03-6368-8870(編集)
03-6368-8891(郵便室)
www.fusosha.co.jp

企画協力　株式会社フジテレビジョン

印刷・製本　サンケイ総合印刷 株式会社

定価はカバーに表示してあります。

Printed in Japan
ISBN 978-4-594-09639-7